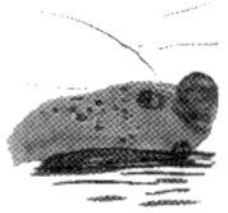

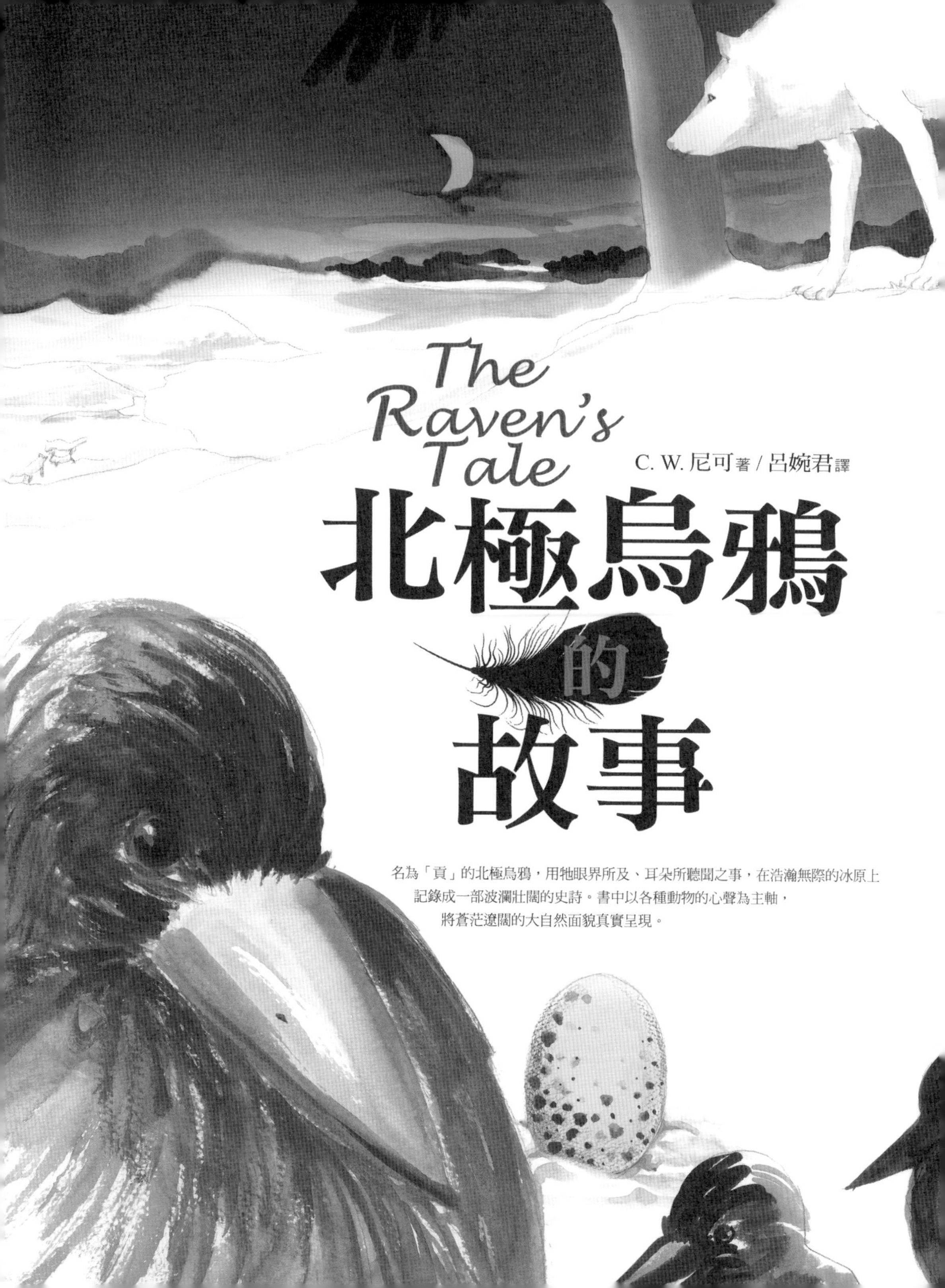

The Raven's Tale

C. W. 尼可著 / 呂婉君譯

北極烏鴉的故事

名為「貢」的北極烏鴉，用牠眼界所及、耳朵所聽聞之事，在浩瀚無際的冰原上記錄成一部波瀾壯闊的史詩。書中以各種動物的心聲為主軸，將蒼茫遼闊的大自然面貌真實呈現。

What' s Nature

北極烏鴉的故事

作者　C. W. 尼可（C. W. Nicol）
譯者　呂婉君
插畫　C. W. 尼可（C. W. Nicol）、郭慧蘭
總編輯　許汝紘
副總編輯　楊文玄
編輯　黃暐婷
美術編輯　楊詠棠
行銷企劃　陳威佑
發行　許麗雪
出版　信實文化行銷有限公司
地址　台北市大安區忠孝東路四段 341 號 11 樓之三
電話　（02）2740-3939
傳真　（02）2777-1413
網址　www.whats.com.tw
E-Mail　service@whats.com.tw
Facebook　https://www.facebook.com/whats.com.tw
劃撥帳號　50040687 信實文化行銷有限公司

印刷　彩之坊科技股份有限公司
地址　新北市中和區中山路二段 323 號
電話　（02）2243-3233

總經銷　聯合發行股份有限公司
地址　新北市新店區寶橋路 235 巷 6 弄 6 號 2 樓
電話　（02）2917-8022

2014 年 12 月 再版
定價　新台幣 360 元

國家圖書館出版品預行編目（CIP）資料

北極烏鴉的故事 / C. W.尼可（C. W. Nicol）作 ; 呂婉君譯. -- 再版. -- 臺北市 : 信實文化行銷, 2014.12
面；　公分
ISBN 978-986-5767-45-7（平裝）

873.57　　103023909

緣起

能把這部作品介紹給大家，我實在感到非常光榮。如果當時沒有遭受命運的作弄，如果毫不猶豫地通過那個地方，這個故事恐怕就永遠沒有面世的機會了！

那個幸運的邂逅發生在一九六五年春天某個晴朗的日子，就在我搭乘犬橇（狗拉的雪橇）到連接加拿大北極地方的一個小島，這段長途旅行的途中。當時迢迢來到世界北方盡頭的我們，不管是狗或是人都疲憊不堪，便決定在這一帶稍微歇一歇、喘口氣。

載著沉重行李的雪橇放慢速度滑行，好不容易停止以後，狗兒們滾了一圈，橫臥在車轅上，而我立刻著手準備泡茶。雪橇上除了一套露營和打獵的用具，和打死的海豹，還堆著一只空箱子，那是替五隻小小乘客特製的客車，裡面是尚未斷奶的小狗，牠們還沒辦法跟隨著他狗兒一起走，所以沒有比像這樣讓他們安安靜靜待在箱子裡更好的辦法了。

我解開帶子，將活潑的幼犬們放到雪地上，把空箱子立在攜帶用的瓦斯爐前面幫忙擋風。

小狗們都一股腦地衝到母狗那邊喝奶，但其中一隻卻小快步地朝著雪地上的奇妙圖樣走過去。我用雪代替水填進煮開水用的馬口鐵容器中，開了火。然後拿著鉛筆和筆記本追在那隻小狗後面，想要看看牠發現了什麼。

雪地上一大片動物的骸骨、石頭、貝殼、雲母或石英的碎屑等東西，井井有條地排列在一起，其中甚至還有散彈的空彈匣。這些東西被一個個奇特的腳印，用鋸齒狀連接起來，形成某種圖樣。

整體看來，所有東西被排成一個橢圓形的螺旋。一點一點接起來的腳印，並不是走出來的，而似乎是一蹦一蹦、兩隻腳一齊跳，所跳出來的。

姑且不論那個圖樣有何涵義，小狗已完全陶醉其中了。牠在骨頭等東西及腳印之間，來來回回地玩鬧，旁若無人似地到處奔跑，還在那個圖樣中加了好幾個自己的腳印。那時我腦中突然間浮現出古怪的想法：「那傢伙簡直就跟閱讀卷軸的老爺爺一模一樣嘛！」因為覺得這樣想的自己真是滑稽，於是忍不住笑了出來。

但是，為什麼呢？這個離海岸如此遙遠的地方，為何會出現這種圖樣呢？而現在這些腳印會消失，又是什麼緣故呢？我被好奇心所驅使，想把這個圖樣記下來，連瓦斯爐上正在燒開水都忘記了，全然忘我地摹寫著眼中所見的事物。一直描繪到螺旋的末端時，一起打獵的伙伴過來了。他遞出裝著滾燙熱紅茶的馬克杯，湊過來看我的筆記本，嘀嘀咕咕的說著。

「這一定是烏鴉搞的鬼！」他一看見那個圖樣就點著頭，若無其事地說：「很久很久以前，這裡是牠們的地盤。」

我不假思索點頭表示贊同。對呀！這不正是烏鴉的腳印嗎？接著，他突然連珠炮似的講著一些我聽不懂的話。大概是因為我愣住了吧！所以他默默地從我的手中搶走鉛筆，在我剛剛畫下來的圖樣下方，用因紐特語（Inuit language, 愛斯基摩人自稱為因紐特人，因紐特語通行於阿拉斯加、加拿大、格陵蘭等地的北部，是愛斯基摩諸語言的東北分支），寫下短短的拼字。就在兩個腳印連接兩枝北美馴鹿殘缺鹿角的那個部分。

「Tukkutu!」

指著圖樣，他唸道。

這是因紐特語「北美馴鹿」的意思。我指著腳印問：「這是烏鴉的腳印沒錯吧？還有，這些鹿角又是怎麼回事呢？」他沉默地搖搖頭，出奇不意地從筆記本裡，撕下一頁空白頁，然後把那張紙，輕飄飄地鋪在嚇了一跳的我的鼻尖上，說著

「小的」的因紐特語，接著把紙放在雪地上，兩手張開，快速地轉身，回過頭來，重複地說著：「大的、大的、大的！」

當我了解他說的是什麼，我高興得快要飛上天。

「怎麼了？」

我不知不覺脫口用英文回答。

「因為，我竟在烏鴉殘存的記號上面一直走著。」

他望著在雪原上張開的圖樣，又看著正注視自己笨重大腳的我，他發出因紐特人特有的尖銳笑聲。

果然，跟腳印等東西並排的圖樣是有涵義的。但話雖如此，烏鴉這種動物能畫得出這種繁複的圖樣嗎？實在太像作夢了呀！由於害怕被當作笨蛋看待，我兀自在心中打住「是烏鴉畫的」這個想法。但是之後為了解開這個謎，我又反覆地練習這個語言——一定是遙遠北國的語言沒錯。然而該怎麼稱呼它呢？在這個故事翻譯成英文的時候，朋友建議我就叫他「北極語」吧。

那是由母音和音節構成的複雜語言，表現方式除了語音之外，也使用腳「咚、咚！」打拍子的聲音、抓扒音、彈舌音等聲音，再加上特定的動作和態度來表達意思。即使是所謂的人類，恐怕也無法完全理解、翻譯出來吧！但是在很久很久以前、由一隻烏鴉編織而成的故事傾注心力，是很有意義的。因為如此深信，所以我展開了這個大工程。我要事先聲明，即使這個作品中有所謬誤，也是我一個人應該負的責任，跟烏鴉一點關係都沒有。故事中倘若有未竟之處，在此向讀者諸君致歉，並懇請原諒。

C. W. Nicol（尼可）

故事的開始

我老了。嘴喙日漸乾裂，素來引以為傲的羽毛也失去了年輕時的光采。然而即使如此，我依然待在這裡，渡過漫漫長冬，迎接黎明破曉，等待冰霜消融、雪水奔流。流冰的季節過去，便開始歌頌那短暫的夏天。不久之後，大地又再度被冰封起來……。

就在這樣的時序更迭之下，度過每一天。

今天又是全新的開始。嶄新的冰原上，倒映著我宛如黑點般的身影。目睹一天的開始到結束，也是我的工作。嘎—！誠然，無論時光如何飄移，我仍舊與這片土地相伴。把這嶄新的一天，寫進歷史長河中，這就是我。

我乘著風，在高空中翱翔。風，輕輕地托著我的身體飛。我眼底下是一片無垠無涯的冰封大地，那緩緩起伏的地平面，在陽光的照射下閃閃發光，只有我彷如黑點的身影，「唰！」的一下滑過去。

像這樣放眼望去，冰原上除了被風吹得崩落的雪、推上來的雪壟，以及退潮之後地面上的龜裂之外，一點痕跡也沒有。如果在這裡加上我獨一無二的印記，該是多麼有趣啊！那樣想的我，記起山崖的岩洞裡，藏有我得意的寶物和玩具。真想立刻到那裡去，一個一個搬過來呀！啊……，即使破碎了，也代表著美好的回憶。好想再玩一次很久以前和貓頭鷹朋友們一起玩的遊戲。

嘎——！嘎啦——！好多好多的寶物和玩具呀！連顏色雪白、形狀又漂亮的骨骼都有——旅鼠（北極特有鼠種）或小鳥們的頭骨、出生約莫一年的海豹耳骨，以及從北極岩魚內耳中取出的來，看起來就像純白、小巧寶石的「耳石」（又稱平衡砂、聽石，主導動物身體的平衡感）等。

貝殼也多的是。笠貝、瀨戶貝（俗稱淡菜）、文蛤、螺……，除了白色的，還有紫色、黑色、粉紅色等。

不只是貝殼，也有五顏六色的繽紛小石子。那全都是夏天時，我從被沖到海邊來、在浪濤間閃耀著的東西之中，一個一個仔細欣賞、挑揀而來的寶貝。

從流經山間的小溪中，也可以採到一些銅塊或金塊；在山四周吹拂的風中，有透明的雲母或晶瑩剔透的石英碎屑輕飄飄地漂浮著。

也有狼或熊的尖牙，以及年代久遠而風化成化石的巨鯊牙齒等等。我還撿到了

象牙刻成的女性肖像，即使已經變舊、泛黃，依然辨認得出是一座人類的雕像。在過往的年代裡，輾轉於現已去世的人們之手，之後長間被埋在土裡，因而表面被打磨得非常光滑細緻。

也有灰色的、宛如硬石一般的木塊。大概是在寒冷的北海漂流時，因為鹽分滲入，才變得那麼堅硬的吧？想必原先是塊大木頭吧！在遙遠的海面上漂流了好幾百年，終於在這個海濱被打上岸來。那個東西也是我發現的。

漫長的生命中也會有不知如何打發時間的時候，還好因為有這些寶物和玩具的陪伴，使我不感覺到無聊。但這次我想把它們一個都不留地排列在這片廣茅的雪地上，那樣應該會更有趣吧！就用腳印和嘴喙，一個一個的將這些寶物的涵義，仔細地拼出來吧！

話說回來，從前熟識的貓頭鷹為什麼會認輸呢？牠是個吵架的好對手，倘若我又有離開那個岩石地的精力，也就能找到牠吧！

雖然我知道要專心地賞玩這些寶物，但竟出乎意料地憶起從前的玩伴，及一同遊玩的種種。

被融化的新雪和海浪沖刷過的沙岸上，並列著各式各樣的印記。這片土地的主人大概想要創造出彼此都能理解的共通語言吧！話雖如此，我是什麼緣故、哪個時候，打敗了那個傢伙呢？
事實上，講到做記號，我是最厲害的了！貓頭鷹一定老早就忘記了。算了……，現在我要開始說的這個故事，以後也會被浪濤捲走嗎？我祈求大自然能幫我把它浸泡在融化的雪水中。
嘎——！事到如今有什麼好擔心的呢？能狼吞虎嚥地享受美食、盡情地在天空中翱翔，也知道擁有伴侶的快樂、纏著要食物的雛鳥們有多可愛……，這是多麼幸福的一生啊！嘎——！
像這樣受到大自然的關照，不知不覺就會迷迷糊糊地打起盹來，不過我這回似乎將要永遠長眠了，在迎接那個時刻的到來之前，不把這些寶物全撒出去不行。唔，該寫些什麼字好呢？
一到夏天，就有上百頭的白鯨被沖上岸來，其中不乏已經斃命的……，我們總會群聚去啄食牠們的肉。不，不只我們烏鴉，海鷗和狐狸，甚至連熊也會成群結隊而來。
還有，說說旅鼠大遷移的事情怎麼樣？似乎快要覆蓋整片冰原的、滿坑滿谷的旅鼠，目不轉睛地向前跑，看起來就像一大片正在移動的絨布地毯。
對了對了，有時天上還會落下巨大的隕石，穿越極光，以彷若白晝的光芒焚燒著夜空。那東西掉落之處塌陷成一個大窟窿，而這個遺跡後來成了湖。

嘎——！千言萬語，除了風以外，沒有更好的聽眾了呀！和其他同類相較之下，我還真是口福不淺哪！既然生長在這一帶，那麼附近就沒有我所不知道的美味。這裡既有甘美的食物，也有口味獨特的東西。有柔軟的、有堅韌的，當中也有稱不上好吃或難吃，僅只是食物的食物。

但是，拜這些食物所賜，我得以延續生命至今。其他動物的肉成了我的肉。我這個臭皮囊裡面，住著大家的魂魄呀！嘎——！「眾人分享一個軀殼」這麼複雜的話，是什麼意思呢？實際上，事情相當簡單。

這樣的我，說的話不就代表著牠們的心聲嗎？在這個遼闊、嶄新的一頁上，要描寫哪個故事，我總算終於要做出決定了！

嘎啦——！

故事要展開囉！

是的，那一天就像今日一樣，是個寒冷卻相當晴朗的日子。就在分外清澈的藍天和雪白的冰原之下，我遇見了一隻名叫「克隆」（Colon）的狐狸。嘎——！只要唸到那個名字，心情就非常雀躍，而且似乎因為這樣，就可以快樂地過上好一陣子！咳，首先，該如何寫下那傢伙的名字呢？

嗯，野兔的脊椎骨相當漂亮。把它橫著擺，旁邊用雲母碎屑作裝飾。再用兩隻腳當印章蓋一蓋，接著拿雲母碎屑來修飾，用嘴巴啣著一插，就完成了！「克隆」，相當特別的一個名字。就像響徹山谷，有如回音一樣的聲響。

「克─隆─！！」

好，展開了，故事展開了……。

渡過了漫漫長夜，總算到了宇宙之神從冬天的洞穴裡甦醒的季節。天空中依然暗影低垂，夜晚一到，大型的、全黑的鳥在炫目的雪地上張開羽翼。而陽光雖然回歸大地了，宇宙之神仍然反覆無常地露著臉，猶如正在捕捉獵物的狼獾一樣，埋伏在山陰之處，出現一、兩個小時之後，又回到黑暗的巢穴裡去。就這樣日復一日，祂留在世界這一邊的時間越來越長，直到終於靜下心來待著，在這片天空中盤旋、打轉，驅趕著夜色。然後，溫暖的季節也來造訪這片大地，它的氣息吹拂著小溪、河川、湖泊，以至於寬廣的海面。我們等待那一天的到來，總是等得望眼欲穿。

有一天，我的食物都已經吃光，胃袋空空如也。我飛到島的上空，那正是浮著碎冰的河流在薄墨色的山谷和懸崖之間流淌的季節。真的沒有什麼可以吃的東西了嗎？我從空中往下拼命地找尋。然而，再怎麼努力搜索，仍是連一丁點也找不到。

那個時候，我突然靈光一閃。「到南方去吧！」直覺是這樣告訴我的。於是我翩翩地翻轉翅膀，一個迴旋，太陽在我的右手邊，整整三天裡我持續向南方飛行。

第三天，我慢慢地發現了一些腳印。映入我眼底的腳印，一下轉向那邊，一下又拐向這邊，一點一點地連接在一起。突然間，那傢伙前進的腳印中斷了。唉呀！這就是問題所在了。雪地裡殘留的腳印毫無預警的中斷，道路便一分為二了。是要自己起飛呢？還是該跟在大鳥的後面，在空中翱翔？管他的！就先待在那裡吧！而且那樣不就表示那裡會有獵物嗎？

我定睛一看，果然沒錯！有個小東西正在拚命掙扎。牠那尖銳的叫聲，傳到了我的耳裡。我「唰！」地飛下來。嘎—嘎啦—！終於讓我發現了獵物啊！

我飛到地上一看，發現腳印的主人原來是一隻小狐狸。牠被鐵獠牙（陷阱）大口大口地咬過，變得奄奄一息。我之前曾經看過這種鐵獠牙。雖然沾了這東西的光，得以分享它殘留下來的小惠，但想起來實在是怪可怕的！

又冷又硬的鐵舌頭上，沾滿了食物的餘漬。那種聞起來很好吃的香味，是結合了狐狸、野生黃鼠狼、狼、獾體味的緣故。那東西散佈在這遼闊的凍土帶上，等待著好奇的野獸踏進來。然後稍微出手……「喀啦！」一嚼，之後無論再怎麼哀求，都逃不出它的手掌心了。那種東西猶如惡狗一般，一旦咬住獵物，不到最後一刻絕

不鬆口。何況這個敵人是沒血沒生命的鐵器。與沒心肝的傢伙為敵，就連吵架也吵不起來。

我在掙扎的狐狸頭上飛著，低頭問牠到底是怎麼回事。當然囉，就算不問也明白，但那是禮貌。不管怎麼說，想要吃野獸同伴的肉，基本的禮儀不顧到是不成的。

然後，那隻小狐狸停止了扭動，看著我。之前明明還又蹦、又跳、又拉，死命掙扎著的。我抵達的時候，鐵獠牙的脖子，已經被拖到雪地上來了。那是長相非常古怪的脖子，像是鐵鍊般的脊椎骨。每動一下，就會發出「喀擦！喀擦！」的聲音，因此我們就替它取

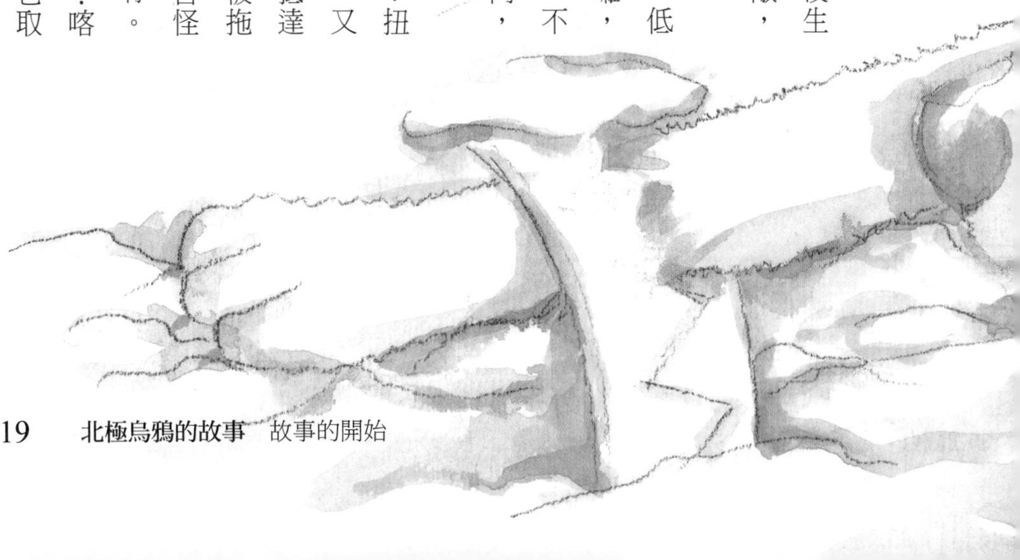

名，叫它做「喀擦喀擦大嘴巴」。因為它有一隻木頭做的胖腳緊緊釘在雪地裡，所以非常頑固、難對付。

「好痛！」小狐狸多少會說點北極話。「不能跑了，好痛！好痛！」牠這麼說著，然後拼命拔腿想要逃脫，我一邊擔心地靠近，一邊稍微瞟一下天空的模樣。真是一個想把鳥嘴都埋進翅膀裡的冷天哪！陽光一旦消散，椎心刺骨的寒冷就會來造訪了吧？要是那樣，這隻看起來很好吃的小狐狸也會一命嗚呼吧！我這樣估量著。

狐狸那傢伙疵牙恫嚇，叫我滾一邊去。我無視於牠的要脅，一直盯著牠瞧。牠一邊回睨我，一邊舔著自己受傷的腳，噴出來的鮮血一沾上那銳利的鐵獠牙，就立刻結成了冰。

我老神在在地等著。狐狸睜大眼睛瞪著我，我則估算牠白色的毛皮下大約長著多少肉？我們烏鴉一族呀，在等待對方死亡時會閉上嘴巴，這是禮貌。偶爾，其他野獸會代替我們捕殺獵物，而我們會直接下手的對象，只有昆蟲、爬蟲類，以及外型奇特的雛鳥而已。

還是冷得要命。我縮起身子，把兩隻腳埋進翅膀裡，縮起脖子來。一邊望著，心想怎麼不早點做個了斷呢？有時候，我會飛到牠附近去盯著瞧牠，每次牠就會抓狂地疵牙咧嘴。

「擔心也沒用。」我向牠放話，「等你氣絕，我用嘴喙就可以輕而易舉地把你叼走了唷！」

「去死吧！」

那傢伙用力呻吟，然後又在像想控訴什麼似的，開始尖聲叫起來。

不久，那隻狐狸開始發狂。唉呀，牠想要咬斷自己的前腳！一發現已經不再流血，牠就不擇手段想要逃走，雖說傷口的血都已結成冰了，但想必還是很痛。但那傢伙還是一邊大聲呻吟，一邊示威地露出尖牙來，斜著眼怒目瞪視我。

「我死不了的！閃一邊去！」

花了一段時間，狐狸終於咬斷自己被夾住的前腳。狐狸一蹦一蹦的，事實就擺在我眼前——牠只剩下三隻腳了。那隻小狐狸將與這個殘缺終其一生了！

我頹喪不已，目送著牠的背影。到嘴邊的肥肉飛了，也只能眼睜睜看牠走掉而已。但是我仍輕鬆地慢慢朝鐵獠牙一步一步靠近。那個蠢東西什麼都不知道，還緊緊地叼著狐狸的前腳。我靠近一看，發現上面並沒有什麼瘦肉，真是徒勞無功哪！我氣急敗壞地叫了一聲，飛上天去。反正那個三隻腳的傢伙也活不久了！如果跟在牠後面，一定能弄到些可口的肉。

小狐狸找了個窟窿窩進去，舔舐著右腳的傷口。牠似乎哪裡也不想去，於是我又離開到別處覓食去了。

值得慶幸的是，我發現其他的烏鴉們似乎找到了食物。結了冰的河谷沿岸分布著一點一點、稀稀疏疏的灌木之間，死了多達六匹的野狼。也罷，雖然不是頂新鮮的美味，但是對飢腸轆轆的我來說，也算是不錯的了。

我顧忌著先到的客人，慢慢、慢慢地靠過去，但大家卻二話不說就讓路給我。大概是敬重我比牠們年長，體型又比較大的關係吧！

「天氣實在很冷啊！老先生。」大家齊聲說道。

「嘎——！是啊！但是各位，我們能免於飢餓，真是太值得慶幸了！」

「嘎——！嘎——！值得慶幸、值得慶幸。」

眾烏鴉都點頭對我的話表示贊同。我吃著自己的份，有個念頭一晃而過。等那隻狐狸差不多快死的時候，也招呼這些好伙伴過去享用吧！

三天之後，我飛回狐狸的那個窟窿。風停了，雲朵覆蓋著天空，天氣非常溫暖。一降落在窟窿旁邊，我就佯裝什麼都不知道，一派若無其事地走近。然而，天啊！嘎啦——！那傢伙不見了！再仔細一看，發現附近殘留著一些牠離開的腳印。

嘎！這就是人生！在煮熟的鴨子自己會飛之前，真的要盯得緊緊的，片刻也不能稍離啊！我趕緊朝天空飛上去。

我向下俯瞰低矮、細瘦的樹木，然後又從山谷中沖天飛上，發現雪地上殘留著如跳著舞般前進、三隻腳形成的腳印。追蹤著那腳印，立刻就發現了那隻小狐狸的蹤跡。真是太令人興奮了！牠不就正在用餐嗎？明明瘸了一條腿，牠還是靠著自己的力量，殺死了一隻兔子呢！這次錯不了，一定能沾上一點邊，分些好吃的。

我飛到附近的樹上，出聲叫著那傢伙（讓其他烏鴉聽到就傷腦筋了，所以不能叫得太大聲）。然而，那個無禮的小子連看我一眼也沒有，只是狼吞虎嚥地嚼著獵物。不過即使如此，我依然不死心地等著。那是一隻才剛剛捉到的新鮮兔子，雖說是個小東西，但還是大大勝過凍僵了的野狼肉。

或許那隻狐狸並不懂禮貌，但兔子畢竟是牠的獵物。沒有這種基本認知是不可以的。小狐狸那傢伙和我一樣，是土生土長的北方動物。要是牠死了，我大概會想絕不能讓牠白白死去，而把牠吃得一點也不剩吧！但是在內心深處，我還是很高興狐狸能平安無事。呱—，就如你所知，我們烏鴉一族，確實是本性十分善良的動物呀！

狐狸同伴

山谷間響起「克隆、克隆……」的回音。那是我的名字。在第二次長出新毛之前，我熟悉的地方，只有凍土帶和結冰的海面而已。所以實際上，我應該往北而非往南走。但是，傷口一陣陣抽痛，而我又想趕快逃離那隻恐怖的醜鳥。

牠為什麼一直杵在那裡呢？到底在等什麼呢？其實我早就心知肚明了。

話說回來，要是當時往北方走，我想我就不會遇見朋友，也一定不會認識紅毛狐狸牠們了。

那個奪去我一隻腳的鐵獠牙，散發著很討厭的氣味。當初聞到那種奇怪的臭味時，如果警覺一點就好了。不過，那時我飢腸轆轆，實在忍不住了。因為，好吃的野兔肝，就放在那個恐怖的鐵獠牙裡面。

當時，不論是什麼可怕的鐵獠牙，還是那條喀擦喀擦的長脖子，我一概沒發現，那些東西，全都被埋進雪裡面了。唯一看得到的，是那東西的舌頭。那伸得長

長的舌尖上，故意放著野兔的肝臟，好誘捕小動物。

在酷寒和巨痛之下，我漸漸失去了意識。在夢中，母親出現了，她輕啃著我，對我說：「來吧！快點來呀，過來這邊和哥哥姊姊一起玩。」因此，我向前跑了又跑，最後往結冰的海面上縱身一跳……，這次，見到的是父親。雖然挺可怕的，但是牠帶了好吃的東西來給我。

冰上的父親對我說著「偉大的多拉加」的事情。牠非常強，會把食物與我們分享，是個像神一樣的生物。

「有『偉大的多拉加』腳印在的地方，就一定有食物。」

「要怎麼知道那是多拉加的腳印呢？」我發疑問。

「看見那種巨大的腳印，就絕對是了。但是，聽好，絕不能靠得太近喔！因為『偉大的多拉加』是非常恐怖的！」

父親的聲音漸漸遠去，我感到自己好像慢慢被吸進了夢境中。似乎是個無風、降雪的日子，酥酥軟軟地漂浮在天空中、緩緩墜落的我，被深不見底的黑暗接住了。感覺真好，真想就這樣沉沉睡去……。

也許，我不向那隻醜鳥道謝不行。倘若，那隻漆黑的鳥沒過來，我想我一定就此放棄，搞不好會就那樣子凍死。然而，牠跑來我身邊的時候，我確實嚇了一跳。

我知道那些傢伙在等什麼，所以大家都非常厭惡牠們。偶爾，雖然也會發現牠們和我們狐狸一樣，跟在『偉大的多拉加』後面，但牠們絕不是要靠自己的力量狩獵。而是靜候著獵物眼裡的生命之火熄滅，然後撲過去，用尖尖的鳥嘴一下刺進牠們的眼珠子裡面，嘎啦嘎啦地大嗑起來。

見到那傢伙的時候，我就打定主意，絕對要從鐵獠牙裡逃出去，而我所能做到的事，只有一件。於是，即使是痛不欲生，我也毅然咬斷了自己被夾住的前腳。因為縱然保持不動，也是痛得要命，所以長痛不如短痛。要是我眼裡的光芒熄滅了，那傢伙一定會過來吃我的眼睛，那樣才是更恐怖的事。

於是我留下自己的前腳，逃之夭夭。雖然一直叫自己打起精神來，但因為餓扁的肚子，以及傷口的劇烈疼痛害的，我只能在半夢半醒之間，恍恍惚惚地走著。不一會兒，我發現了一個窟窿，在那兒稍事休息一下，又繼續往前走。

我將一隻小兔子追進冰原的裂縫中，然後捉了牠。兔子的精力變成了我的精力，那份精力一在體內擴散，我眼前便豁然開朗，感到如夢初醒。

終於回過神來了。我舉目一看，四周空空如也，我在一個不可思議的地方。

兩天內，我都一直吃著兔子肉。之後，我抬起頭和輕飄飄的尾巴，以及僅存的一隻前腳出發了。在那當中，那隻漆黑的大鳥——北極烏鴉，一直遠遠地盯著我。

恢復體力的我，沿著河谷一直走。實在非常不可思議，那裡長滿了又高又茂密的草，每當風吹過這廣闊、冰凍的河川上，那些跟壯碩高個兒一樣的草，就會一起搖擺。河川在這裡忽地大轉彎，拐了出去。那是一個彷彿想回到源頭似的急速大轉彎，還散發出野獸屍體的臭味。

我走近一看，發現那裡到處散佈著毛髮和大型動物的骸骨。烏鴉們在茂密的草叢上大肆騷動著，死去野獸的屍臭味，連烏鴉們也受不了。

所以，我決定往前繼續我的旅程。

右腳傷口劇烈地疼痛起來，但是，失去一條腿的痛苦和不甘，要比那個大上好幾倍。為了行走，我不得不只用左前腳來撐住身體。實在是令人想要抱頭痛哭的辛苦啊！追趕跑碰跳、猛然飛撲捉獵物、一瞬間翻身逃走等方法，全部都是從一出生就不得不牢記的事呀！

再稍微往前走幾步路，依然看得見屍骨。兩隻烏鴉吵死人地亂叫一通。死掉的野獸毛很長，發出跟狐狸很相似的氣味。不過那是更刺鼻、更駭人的氣味。

不久天氣漸漸回暖，旅鼠們潛入雪地之中挖起隧道來，又是能像原來那樣蹦蹦跳跳的季節了，也能再獵捕割裂冰塊、藏匿在雪堆底下的動物了。

每享用一次美食，我就會恢復一點精神。我也曾在岩塊旁邊盯公雷鳥的稍。等笨雷鳥一露出臉來，就立刻撲過去捉住牠。那是最頂級的美味了。而那隻糾纏不清的大烏鴉，現在羽毛只剩下兩、三根了，想必很不甘心吧！

又是夜幕低垂時分，月昇東方，山谷間迴盪著清朗的狐狸叫聲。然而卻非常令人疑惑，明明是狐狸，音調卻怪怪的。我試著遠遠地應和看看，而那一頭過了一段時間之後，才給出回應。

等太陽公公從地平線上露出臉來之後，要好好地跟對方打個招呼。為了讓對方記住我的體味，我佇立在風頭上。

我發現到處都殘留著牠的體味。這裡似乎是牠的勢力範圍。繞了一圈回到原來的地方之後，這次換我記住對面那傢伙的體味了。像這樣聞著牠的味道、聽著牠的叫聲，實在不敢相信牠真的是隻狐狸呢！

是紅毛狐狸！這不是隻比染紅山丘的陽光還要紅的紅毛狐狸嗎？！我們小心翼翼地防備著對方，慢慢靠過去。然後，我輕輕喊出牠的名字。

「伊克漢？」

牠叫了一聲，也認出我來。

「克隆？」

就是呀！我們興奮地來回跑著，再度靠近對方。

「伊克漢，狐狸的味道。伊克漢，鮮血的顏色。你受傷了嗎？」

「才沒受傷。」

「三隻腳，是因為受了傷嗎？腳不見了，會痛嗎？」

「痛啊！是有點痛。」

伊克漢馬上跑過來我旁邊，我們互相嗅著對方身上的味道。伊克漢還為我舔舐傷口。

「克隆，狐狸的味道。克隆，白雪的顏色。跟伊克漢不同，跟兔子一樣。伊克漢吃兔子！」

一說完，就開玩笑似的撲過來，我們兩人蹦蹦跳跳地鬧在一起。我一覺得累，伊克漢便又停下來仔細為我舔舐受傷的腳。我們露出肚腩躺在地上，因為我們是好朋友呢！兩人天南地北地聊了起來。

伊克漢告訴我從這邊過去，見到的狐狸全都會是紅毛的唷！牠還說，沿著這個河谷越往南邊走，會發現這茂盛的草高度越接近天空，長得也越密集，到最後幾乎快要完全覆蓋住整片天空喔。

「這可以為我們留住雨水和雪水。」雖然伊克漢這麼說，但我總覺得很恐怖。伊克漢為了安慰我，又跑過來鬧了我一下。

「好想吃東西喔！這裡可以打獵嗎？伊克漢的勢力範圍……可以捉小動物嗎？」

「野兔呀？多得很呢！克隆和伊克漢一起打獵去！Let's go!」

打獵的知識是媽媽教給我的。所以和夥伴一起打獵，這還是第一次。不過，真的非常快樂呢！我把野兔追趕到伊克漢守著的地方，由伊克漢擋住牠，把牠殺掉。我走到獵物旁邊，找伊克漢小小幹了一架。

雖然贏的是伊克漢，但牠還是確實把我的份分給了我。我得到了兔子的上半身，心滿意足地和好朋友共享美食。

伊克漢說想要再走遠一點，於是我也跟在牠後頭走。沿著結冰河川的堤防走了一小段路之後，有惡臭撲鼻而來。風又把野獸的屍臭吹過來了。成群的烏鴉圍住四具屍骨，「嘎啦、嘎啦！」地騷動著。

「克隆，真討厭！克隆，快回來！」

「有血跡！」

聽到伊克漢大叫，我走到牠身旁嗅著氣味。就如伊克漢所說，一點一點的血跡遍佈，那個氣味一直延續到懸崖底下。懸崖因為結冰而裂出縫來，造成山崩，而崩落的岩塊就層層堆疊在山腳下。宛如要覆蓋住岩塊一般，北極垂柳茂盛地生長在那

裡。溯著血跡往下走之時，伊克漢顯得戰戰兢兢。然後，牠突然站定，蹲坐下來，目光轉向我，豎起耳朵，張開鼻子聞味道。

越靠近崩塌的岩塊，野獸的屍臭就越發強烈。但是，尚有更濃烈的氣味夾雜在其中。那是活生生的動物體味。我再試著靠過去看看。說時遲那時快，只聽見一聲激烈的怒吼，那巨大的野獸就突然撲過來了，我翻身一躍連忙逃走。

那傢伙追了我好大一段路，才又躲進岩塊下的洞穴裡去。實在是驚險萬分！站在我面前的那個對手，體型不但比我大三倍，而且極度猙獰，看起來非常憤怒。伊克漢嚇呆了，張大嘴巴愣在那兒。

「好可怕的對手！」伊克漢說。「是狼！狼會殺狐狸，伊克漢要走了。」

狼！很久很久以前，媽媽告訴過我。殘留在北美馴鹿的屍臭旁邊的奇怪氣味，正是狼的氣味。狼跟我們狐狸，雖然是血濃於水的骨肉同胞、遠房表親，但是比我們更大更強壯，據說在陸地上，是力量僅次於「偉大的多拉加」的野獸。「因此，牠不高興的時候千萬別靠近，因為太危險了。」母親如此教導著我。

然而，如此近距離的接觸真是令人難以置信。像這樣就站在對手身旁看著牠，感覺牠吹拂到自己臉上的氣息，我連想都沒想過。實在是太令我毛骨悚然了啊！

我坐下來，拼命地思索著到底該怎麼辦才好。伊克漢已經走了。今日一別，大概不會再有機會相見了吧！那隻烏鴉一直在崖頂盯著我。我一抬起頭，牠就「嘎啦—嘎啦—！」粗嘎地叫著。那傢伙一定一開始就知道狼在洞穴裡了，明明知道還故意裝聾作啞。我經常聽人說，烏鴉一旦盯上某個獵物，是絕不會輕易放棄的……，好吧，既然如此，我也絕不會忘記牠今天是怎麼對待我的！

雷鳥的襲擊

我們苦苦捱著餓，熬過冬天，直到終於嗅到風中飄散著微乎其微的馴鹿氣味。為了找尋獵物，我們離開自己的勢力範圍，千里迢迢地來到這裡。

一開始，我們七匹同伴分頭在河川中的某個谷地探尋牠們的蹤跡。身為領袖的我，一邊護著有孕在身而落後在路隊後頭的妻子，一邊繼續著這趟旅程。我們在結了冰的河面上，發現北美馴鹿朝北方前進的腳印，似乎是成員一百多頭的小隊伍。

看見腳印的時候，我們實在是欣喜若狂呢！當天晚上，我們一個個輪流唱著歡樂的歌。在山丘上站崗的伙伴，那拖長尾巴似的嚎叫聲，與冰塊因為酷寒冷縮而互相傾軋的聲音交融在一起，結合成深夜靜謐優美的聲響。

等不及天亮，我們就去追逐北美馴鹿了。真是久違的狩獵行動啊！要不了多久，我們就能吃到肉，把肚子填得飽飽的，恢復狼族的強壯與迅捷如風的身手了。

然而，就在那個時候，遠處忽地傳來低沉沙啞的聲響。起初是不易察覺的低低怒吼，慢慢演變成搖撼大地的轟然巨響，整個山谷都被那恐怖的魔音包圍起來。

雷鳥一邊高高低低的咆哮著，一邊在我們頭頂上盤旋，為的是出其不意地襲擊我們。那震耳欲聾的聲響，就宛如巨雷擊落在身旁一般。

每當雷鳥發出「啪哩、啪哩、啪哩」的叫聲，我的頭頂中心就會熱起來，然後開始嗡嗡耳鳴。這種恐怖的敵人，我們還是第一次遇到。雷鳥比我大上一百倍，那巨大的身軀逆著風追過來。無論我們再怎樣奮力奔跑，也逃不出那傢伙的手掌心。

那傢伙不停襲擊著我的伙伴，一匹又一匹地屠殺著。而後，牠靠過來威逼著我和妻子，「啪哩、啪哩、啪哩」的聲響也隨之而到。我們都受了傷，而妻子更重傷到性命堪虞。

即使是這樣，妻子還是拖著被鮮血染紅的後腳向前走。不久，我們在崩落的岩塊下方，發現了一個小小的坑洞，低低的北極垂柳叢，恰巧將坑洞的入口處，完美地隱藏起來。

妻子因為恐懼和疼痛而顫抖，哀哀地呻吟著，雖然如此，在承受著痛苦的同時，她依然為我舔舐了傷口。妻子的那份溫柔始終未曾改變。

現在，我安靜地橫臥在她身旁。妻子過世了。但是我絕不會吃掉她屍體。而且，不管是其他野獸或是鳥，都休想過來碰她一根手指頭。

要是那隻雷鳥再回來，我一定會跳上去掐住牠脖子，咬斷牠咽喉。不管那傢伙再怎麼嚎叫、再怎麼想反擊，我都要血債血還！

我的名字叫做庫魯卡，輕輕一唸便會驚動四座，我是大夥兒的領袖。妻子出事之後，我形單影隻，毛皮上還殘留著愛妻令人懷念的氣味。嗚──，胸口似乎就要迸裂開來了。失去了至愛，我悲痛欲絕地嚎啕大哭，用前腳輕輕去碰妻子的側腹，但她已經不會嚇一跳了。

你們的皮全都儘可能繃緊一點，總有一天我庫魯卡頭目，一定會取下那傢伙的性命！

噪音製造者的臨別贈禮

咱們這群天空中的旅客，都知道噪音製造者的事。新加入咱們的成員當中，似乎有從南方某處一路流浪過來的。據牠說，噪音製造者之中，也有體型大到讓人嚇破膽那樣的鳥，這個傢伙能飛到比候鳥哈克雁（白雁）更高的地方。不過體型小的，則只能低空飛行。那一伙鳥的腳丫子是各式各樣的唷！足部細長而扁平的，常輕輕飄落在雪上或冰上；腳又大又短、又粗又胖的，則會飛下來到河流、湖泊或出海口那邊。這群傢伙降落的過程中水花四濺，所引起的騷動，連野鴨都替牠們感到害臊。噪音製造者的翅膀硬梆梆的動不了，究竟要怎麼振翅飛呢？實在令人百思不得其解。不過，俺確實見過牠們以非常卓越的速度，在我面前飛舞著。顧名思義，牠們是一幫非常吵鬧的伙伴，所以大老遠就可以知道牠們來了，真的非常討人厭呀！

俺發現寶物的日子，是紅毛噪音製造者來到這裡的那一天。那隻足部細長而扁平的傢伙，邊吱吱叫著，邊飛到這個谷地來。因為極少飛到這一帶來，那傢伙被

突然颳起的強風吹得差點把持不住身子。牠立刻一個迴旋翻飛，避開了危險。俺正要讚嘆牠的身手時，卻看到令人大吃一驚的景象——那個噪音製造者竟開始襲擊狼群！那個身影，看起來就像是經常攻擊北極旅鼠和黃鼠的老鷹或是兀鷹似的。牠跟咱們烏鴉一樣，連揮動一下翅膀都沒有，就急急飛下去，使出神速的技藝，迅雷不及掩耳地殺了五匹狼，還讓另外兩匹掛了彩。之後，也不吃這些得來不易的獵物，只是降落到那個地方罷了。

噪音製造者給了拼命逃跑的兩匹狼最後一擊。當時那傢伙的身上掉了一個小小的東西出來。牠一直往下飛，直至摩擦到地面，然後開始攻擊那匹大公狼，而公狼也露出獠牙，縱身一撲，咬住那個噪音製造者。結果沒想到痛不欲生的卻是那匹狼。狼的耳朵和肩膀血流如注，痛得在雪地上打滾。

噪音製造者，順著流轉在崖壁四周的風勢畫了一個半圓，「唰地！」疾速飛上天。那是俺在空中耍特技時，所搭乘的風。然而，牠後來卻撞上了山壁。牠長腳猛抓，崖壁上的雪被腳爪削落，像冰雹一樣落下，好不容易才終於翻上了山頂。但是，也許是驚慌過度，牠抖動著龐大的身軀吱吱亂叫。那傢伙壯碩的軀體在峰頂上顯得如此笨拙。噪音製造者一離去，谷地又恢復了令人舒坦的沉靜。

腳受傷的母狼，爬到伴侶的身旁去。而公狼就那樣蹲踞著，因為驚嚇和痛苦而不斷呻吟，斜睨著那邊的天空。兩匹狼鼻子碰鼻子，輕聲交談著，互相舔舐彼此的傷口。終於，公狼朝噪音製造者掉下來的東西那邊走過去。牠伸出前腳碰碰看，並且像要威嚇它一樣大聲吼了一下。但是，母狼一朝北極垂柳叢走過來，牠就迅速地嘆了一口氣，追到她後面去。

俺在那兩個傢伙頭上盤旋，凝視著大雪原。在陽光照射下，有個東西正在閃閃發光。俺謹慎地落到附近，走到那個金色物體的旁邊，靠近一看，唉呀！可不是件小小的窄袖和服嗎？鮮紅的底色配上黑色的紋樣，後衣襟純粹是耀眼的金黃色。好漂亮的東西呀！

「這真是最棒的寶物了！」

俺一邊嘟噥著，一邊啄起那東西。有燒焦味兒，味道還真不是普通的濃呢！要把這個新的寶貝藏到哪裡去好呢？俺飛到空中繞圈圈，仔細思量著。

俺在要穿越谷地的時候，突然被天上的東西襲擊。不知道是什麼東西來勢洶洶，咚咚咚地砸下來。俺在空中一個翻身，抓住對手的腳，嘴裡不斷抱怨著。看到敵人的真面目了！原來是體型比俺來得大、年紀比俺來得長的老烏鴉！這欺負弱小的渾蛋小偷！都是這老傢伙害的，俺好不容易發現的寶物就這樣掉下去了！

俺和那老傢伙兩個，同時飛去追那件往下掉的寶物。由於降落時用力過猛，雪地上被撞出了一個小小的窟窿。我們爭先恐後地在雪地上找著。

「嘎——！這閃閃發光的東西，是屬於俺的！」

我這樣向那老傢伙放話，想不到牠反而立刻鼓起胸口，作勢要脅我。從那種卑鄙的做法和態度推測，牠肯定是一隻北方烏鴉。就是那幫惡名昭彰的山土匪！

牠的口音也相當奇怪。

「嘎——！這東西可不能吃唷！小伙子，趕快去找食物才是正經吧！在那邊唧唧哼哼的，是要單挑嗎？想要飛過來撞我貢大爺這堅硬的鳥嘴看看嗎？嘎——！嘎啦——！」

事到如今那個老傢伙還一副想要飛上天的態勢，撲撲地拍著翅膀。俺見狀不假思索，慌忙稍稍閃躲到一旁。牠果然是隻壞心眼的烏鴉！

我試著籠絡牠。

「嘎—嘎—，朝河谷的上游走，可以找到野獸的屍體，也有才剛死掉不久的唷！要不要一起去吃？」

「咕嗚——！」那老傢伙激動地回答道：「全部都在我預料之中！從現在開始，這個寶貝是我的了！」

那老傢伙用嘴喙在雪地上到處亂畫，一找到那件寶物，便洋洋得意地抖動它，亮出來給我看。紅色加金色，閃耀著的美麗珍寶，俺光只能羨慕地看著呀！

「嘎——！好棒的寶貝，好漂亮的玩具喔！」

俺為了安撫那個傢伙，連客套話都說了，但那隻老烏鴉，依舊用討厭的目光可怕地瞪著俺，然後就那樣往河谷的上游飛走了。那正是兩匹負傷的狼所在的那一帶。

俺回到群聚在狼族屍首旁的伙伴當中，被狠狠地撞過來、撞過去之後，只得到一小塊掉下來的碎屑。

年輕的烏鴉要求生存真是辛苦呀！啊……，好希望能早點獨當一面啊！好希望快點變強，也從其他的傢伙那邊，搶一點獵物過來。嘎——！

寶物

嘎……，試著在這廣闊的冰之頁上，再寫一次我的名字。因為在這裡，我的名號無人不曉。不過，馬上就要動身，朝永恆黑暗出發的我——受到黃泉之國召喚的烏鴉，全身都被亮麗的羽毛所包覆、翅膀的內側比雪更潔白，擁有金銀色嘴喙——已走到了世界盡頭。在這裡刻下自己的名字，不是挺有趣的嗎？

貢。

人們嘴裡的「貢」，就是我的名字。的確，只要我用心唸，就能唸得優美動聽。這名字比任何一隻鳥都來得優雅呢！

「貢—嗡嗡……」劃破天空，澄澈而響亮，這是我的名字。直到我離開人世為止，沒有一隻烏鴉敢冒用這個名諱，這是我們烏鴉一族的共識。

換個話題，來說說寶物的事情。

唉呀，那些年輕的小伙子，偶爾也會很幸運地找到一些寶貝。但是，到手時不更小心一點可不行喔！稍微不留神或賣弄一下，重要的寶物就會讓旁人給搶走。一旦映入我眼簾，我是不可能當作沒看到的。我的眼睛比那隻藍色鳥嘴的醜八怪還要尖，所以寶物落到我手中，是有道理的。

　之後，從那個毛頭小子手裡搶走寶物的我，跟在打敗仗的狼後面，穿越河谷溯到上游去，終於快追到的時候，那兩匹狼一溜煙就躲進洞穴裡去了。於是，我站在懸崖上等待。無論如何，有了這件紅色配金色的新玩具，我就不會無聊了。因為只要輕輕一碰，就會傳來很悅耳的聲音呢！它就彷彿陳舊的骸骨那樣，中間空了心，因此，相當容易發出聲響。我滾動著那件寶貝，然後特地飛下來，停在岩塊上側耳傾聽那細微的聲響。滋、滋、滋、鏘！我聽得出神。雖然這東西的焦臭味令人難以忍受，但我一點也不介意。時光在玩耍間很快就飛逝而過。

　不管是什麼道理，那兩匹狼不可能會這麼長命才對呀！一想到有好東西可以吃，等待也成為一件快樂的事了！

　旭日東昇，又再西落。不一會兒已是第二個早晨了。天一破曉，下面就飄來貨真價實的屍臭。雖然因為空氣冰冷，氣味相當微弱，但可瞞不過我的鼻子。稍微靠近一些瞧瞧牠的模樣之後，我分兩次下到谷底。然而，兩匹中尚有一方活著，正對我怒目而視，好像在說：「蠢蛋！不許靠過來！」現在，那傢伙也對我撲過來了！

我慌忙逃向天空，雖然平安無事了，但一直被那傢伙怒罵實在很煩，所以，又開始玩起玩具來。

咚、咚、咚！滋、滋、鏘！

嘎——！在這漫長的等待當中，天空捲起雲朵，風向似乎也改變了。那邊一蹦一蹦、像跳舞般走過來的，不是別人，正是那隻三腳小狐狸。好像不知什麼時候有了個同伴，看起來應該是南方人，因為牠是隻紅毛狐狸。

我從懸崖上窺探著形勢。倘若狼替我殺了狐狸，我的一隻大餐——不，順利的話是兩隻，就到手了。白毛狐狸本來就是我發現的，我當然有這個權利享用牠。

看得出來紅毛狐狸已經察覺洞穴裡有狼了，就這樣眼睜睜面對著後者，不敢靠近一步。至於那隻白毛狐狸，卻無論如何都要探頭進去（難道失去一條腿，就是好奇心太強害的嗎？）。那小子來回嗅著味道，最後往洞穴那邊悄悄地靠過去。那時，我的腦海中突然浮現「你這笨蛋！」的想法。是想要報復那匹狼嗎？現在如果從這裡喊一聲，那隻狐狸應該再怎麼樣都會回來吧！無論如何，我說的是道地的北極話。我一旦告知大家危險勿近，就連那種愚蠢至極的黃鼠，也會嚇得落荒而逃。

但是，當時站在那兒的，是老謀深算的我。我緊閉著硬梆梆的鳥嘴，一直監視著那傢伙的動向。

樹之谷的暴風雪

伊克漢離開了。真傷心。明明還可以一起走的，伊克漢卻說了奇怪的話，而不能同行。就在我們被那匹狼追逐之前，藍灰色的鳥兒們聲音嘶啞地鳴叫著，伊克漢聽見，氣沖沖地抬起頭來，我想，大概是因為那些鳥一點禮貌也不懂，吱吱騷動著的緣故吧！

從那天早上開始，牠們就緊緊跟在出去打獵的我們身後，吵了一整路。雖然我一直佯裝沒聽見，但其中一隻卻似乎說了什麼不得了的大事。伊克漢停下腳步，擔心地抖了抖尾巴，打了個哆嗦。

伊克漢抬頭望天，如此說道：

「要下雪了。伊克漢要去有大樹的南方。」

「樹？」

那雖然是狐狸的語言，但我卻是第一次聽到。伊克漢往茂密高大的草叢那邊走

去，抬起腳來，擺出我們在岩石上留下記號時的那種姿勢。

「這就是樹。」伊克漢又覆述了一遍。「一整排大樹，能為我們擋風。下大雪的時候，我們可以躲在裡頭。克隆，一起來吧？」

我沉默了，不想斷然拒絕牠。但是，更大的樹？我光想到就覺得害怕。好像立刻就會倒下來，把我壓得支離破碎……再說哪裡有藏身的地方？那裡面不是躲著恐怖的巨鳥嗎？那參天而上，似乎想要獨占整片天空的大樹，我不需要。

這時，剛剛的鳥兒們叫得比之前更大聲了。

「雪來了……雪來了……雪─雪─、吱！」

「那些傢伙在說快要下雪了。」伊克漢說。「把受傷的狼拋諸腦後，快點逃吧！」

如果那個時候，我選擇跟伊克漢走，一定就不會冒這麼大的險了吧！

那天晚上的暴風雪實在非常猛烈！蓬鬆柔軟的大雪密密麻麻地降下來，宛如一塊大型的白地毯在眼前飄移。就連真正的貓頭鷹，也無法在夜裡睜開眼睛看。

沒多久，強風呼呼地颳了起來，猛然吹落到河谷裡去。那種叫做樹的沒用東西，像笨蛋似的呆呆直立在那裡，喀噠喀噠地搖晃著細瘦的手臂。

我躲在岩洞裡面熟睡。即使外面的風雪颳進來，有冬天的毛皮保護的身體，依然暖呼呼的。

那天晚上，我一直夢見「偉大的多拉加」，在無所遮蔽、一望無際的朗朗平原上，有牠留給我的大餐。

在夢中，我像從前一樣，用四隻腳來回蹦蹦跳跳著。

惡夢

肩膀變得跟岩石一樣硬。體內雖然有如火在燒似的發著熱，但還是寒冷難耐。溫暖的毛皮也起不了作用，我止不住地發著抖。

我試著去舔傷口，但糟糕的是，自己卻碰不到那裡。一迷迷糊糊地打起盹兒，就做起可怕的惡夢。

夢中我和妻子一起拼命地從雷鳥手裡逃走，而妻子終究斷了氣。這時我面對著她的遺骸，竟然露出了獠牙。我啃噬著妻子。光想到就毛骨悚然。我竟然貪婪到連愛妻都想吃！

正當我啃著她的同時，明明已經死掉的妻子卻扭動著脖子。此時，回憶在我腦海中浮現——在我們鬧著玩打起架來時，她常這麼做。但這次，我竟無視於她求饒的意圖，繼續貪婪地對她狼吞虎嚥！

我醒過來時，外面正颳著猛烈的暴風雪。洞穴的入口完全被吹進來的雪給掩蓋了。妻子雖然還躺在身旁，但再也不會安慰我了。她的身子已然像石塊般僵直發硬，那美好的體味，亦開始化作嗆鼻的腐臭。

洞穴中充滿了臭味，呼吸困難的我，窒悶難當。現在不出去不行了！我知道很可能會死在這裡，被悶死在這種地方我可不幹。

我死命扒下洞門口結塊的雪，即使肩膀的傷口因而劇烈疼痛了起來，我也都要想辦法出去。

突然間，彷彿要射穿眼睛似的冷風襲來。狂暴的雪花糾結在我毛髮上，結成了堅冰。回頭一看，我終於從中逃出的洞穴正慢慢被掩埋在暴風雪之中。我們所藏身的洞穴，就那樣成為了妻子的墓穴。愛妻身上的氣味和她肚子裡的孩子們一起，永遠被封存在那裡了。咬住我耳朵、圍繞我尾巴嬉戲的孩子們的身影，再也不可能見到了。妻子已經不在了。

狂亂的風雪打在我背上，我在暴風雪中徘徊。直到毒素擴散全身，直至斷氣的那一瞬間，我始終不斷邁步前行。

命運的邂逅

風靜止了，雪也停了，天空又回復蔚藍與澄澈。暖和的驕陽融化了地表上的雪，露出凍成堅冰的緩坡。拜其所賜，路面變得好走多了！

我一定正在向北走沒錯。沿著山脊一路前行，積雪不再那樣深，能見度也相當好。如果這個暖度能保持下去，各種動物一定會探出頭來。

我抖了抖身子，甩落沾在毛髮上的雪，舉起右前腳，舔一舔舊傷口。當時受的傷現在已經完全復原了。聲音忍不住從喉嚨深處衝出來，我對著山崖嚎叫一聲之後，又開始向前走。

過了一小段路，好像就只能走在結冰的河面上了，因為河川兩側都聳立著陡峭的懸崖，想翻越實在非常困難。一會兒之後，我路過雪堆旁邊。此時，某種濃烈的氣味撲鼻而來。

是狼！

是先前威脅我的那傢伙！為了報復，我想戲弄牠一下。我一步、小心地靠近雪堆。那傢伙被覆蓋在大量的落雪之下，似乎正在酣眠。我挨近牠旁邊，對方一動也不動，就只是那樣攤開兩條腿，精疲力盡地熟睡著。好奇怪！旁邊明明來了不明人士，還能如此毫不在意地熟睡，這絕對不尋常。

一定是生病了，說不定就快要死掉了呢！我決心走到雪堆前面看個究竟。

對手是不折不扣、貨真價實的狼啊！只有在這種時刻，我才有機會看得這麼真切。除了體型大得多之外，不是長得跟我們狐狸一模一樣嗎？

那匹狼的毛髮是白色的，有點兒泛黃。兩、三條褚灰色的青筋，從背脊貫穿到尾巴。即使是受了傷癱在地上的此刻，看起來依然很強壯。那「偉大的多拉加」也是如此嗎？我陷入了想像。不過我明白，狼隻和真正的多拉加是無從比較的，多拉加遠遠大得多了。「這是『偉大的多拉加』的腳印喔！」從前母親如此教過我。說到那個腳印，就跟母親整個身子蹲坐在雪地上，所烙下的窟窿差不多，超級的大啊！

我為什麼沒有就那樣通過那個地方？截至目前為止，我也搞不懂。或許是因為感覺到這晴朗的天氣，是暴風雪前的寧靜，馬上就要有比之前更加猛烈的雪勢的緣故吧！總之，那一天相當走運，我又捉到了一隻白白胖胖的大野兔。跳到河堤上去悠閒地品嚐獵物似乎比較好，這樣一想，我便不知不覺地叼著野兔，回到雪堆這裡來了。

就在那個時候，我發現了那隻恐怖的醜鳥——執拗地追著我的北極烏鴉。牠也飛了下來，挨近那隻受了傷的狼，到牠躺著的雪堆附近。我氣得七竅生煙，悄悄地靠過去，那隻臭烏鴉竟然還不知不覺，實在令人傻眼。只見牠非常不像話地把頭鑽進雪堆當中，想必是飢腸轆轆，才這樣顧不到其他的事吧！我靠近牠，猛然一撲，咬住了牠！

滿嘴都是霉味，因為我把那隻老烏鴉的尾羽咬下來了！那一刻，牠還吵死人地啪噠啪噠叫！我就那樣把那傢伙給拖出來，想不到牠竟硬生生地轉過身來，用頭頂我。那臭烏鴉的鳥嘴尖的很，似乎就要把我的狐狸頭骨撞得粉碎……。我這才終於意識到那臭傢伙是在攻擊我，於是無可奈何地放了牠。

老傢伙嘎嘎亂叫一通，飛起來逃走，身後僅僅留下四根漆黑的長羽毛。

這個騷動似乎連狼也驚醒了。牠用狼族的語言，嘀嘀咕咕地不知道在說些什麼。

「在說啥呢？」

我用北極話這樣問。狼聽到我的聲音，睜開眼睛，努力抬起沉重的頭。話，從牠嘴裡吐了出來。

「庫魯卡，沒死。還活著。臭烏鴉，滾一邊去……」

我覺得當時的自己很不可思議。會做那種事的狐狸，我想我大概是第一個

吧——我走到熟睡中的狼的身旁，舔牠的臉。狼似乎覺得很舒服，於是又再度閉上眼睛。

牠的肩膀受了傷。從傷口流出的膿，覆蓋在被血弄髒的毛髮上。我舔了舔那道傷口，我們野獸通常都這樣治療傷處。但是，我肚子裡有個念頭告訴我，這種時候光是那樣做還不夠。我回想起前腳被鐵獠牙咬斷時的事——那種劇烈的疼痛和負傷作戰時的事。於是我提心吊膽地往狼的傷口一咬……，狼卻一動也不動。

我試著更使勁地咬下去……，即使如此，狼依然沒反應。這一回，我啾啾地吸著剛剛咬的那個傷口，終於，膿和髒東西都跑出來了，再來吸出的都是血。黑色的小圓珠混在血中流了出來。雖然跟小河裡的石頭一模一樣，但顯得更硬、更圓，而且還有著相當奇妙的味道。

最後，乾淨的血流了出來，我不斷舔舐傷口，直到止住了鮮血。明明只是這等小傷，狼卻衰弱得厲害，可見這小圓珠一定很髒。傷口完全清乾淨以後，我走到外面去，用雪清洗自己沾滿膿的鼻頭和嘴巴。

哇，不行！我忘了那隻野兔。呀！得趕快回去！

我回到放獵物的地方一看，那隻臭烏鴉正貪婪地來回啄食牠，吃得如癡如醉。我過去叫了一聲攆走牠，那傢伙不像樣地飛起來。我啣走野兔，帶回狼那邊去吃。

過了整整一夜，狼平靜下來了。用簡直是要跑步那樣的架勢，揮舞著雙腳，嘴裡咕咕噥噥，講著狼族的話。我一舔牠的臉，牠又再度安下心來，靜靜入眠。

如我所料，夜半，又颳起了猛烈的暴風雪，狂暴地侵襲著河谷。我和我的獵物野兔，以及狼，一起待在雪堆中。但是，狼不會對我出手吧？我不禁憂慮著。

天亮了。我開始啃著凍成硬塊的野兔。狼雖然醒過來了，但感覺沒有先前那麼駭人。

「狼和狼之間，會打一些暗號唷！」母親從前說過，「打架時想要喊停的話，就橫躺著露出脖子給對方看。那是投降的暗號。那樣做的話，狼就絕不會殺掉對方了喔。」

狼睜開眼睛，叫出聲來。我連忙隨便躺臥下來，露出脖子給牠看。

「不要打架……朋友……伙伴……」

狼一站起來，就發現了野兔。牠嗅了嗅獵物的味道之後，簡直是用搶的，狼吞虎嚥地吃起來，一下子就掃了個精光。飯後，還回味不已地舔著舌頭，然後就地蹲下來，將頭枕在粗壯的前腳上休息。

「好好吃……」

那是彷彿發自胸腔深處的渾厚聲響。

「野兔是克隆打死的。」我有點不高興地說。

「享用的是庫魯卡。」狼咕噥著。

也就是說，那傢伙的名字似乎就叫做「庫魯卡」。

我挨到洞穴入口處去眺望外頭。風明明已經停了，降雪的強度卻依然沒有改變，實在是無法出門啊！

「庫魯卡，痛！克隆，舔。」

因為我的話，狼扭過頭，想要看看那道傷口，但卻看不到。

「是狐狸……舔了庫魯卡嗎？」

一聽到牠問話，我就害怕起來，擺出隨時想要跳開的姿勢。

雖然如此，我還是力持鎮定，邊發著抖，邊走到庫魯卡的身旁，舔牠的臉。然而，庫魯卡還是隻眼未閉。我原本希望舔了牠以後，牠能閉上眼睛，沒想到庫魯卡還是眼睜睜地盯著我。

看著牠那可怕的黃色眼眸，我明白了一切。

「壞毒素，引出來了。血，流出來了。小圓珠，流出來了。庫魯卡，睡著；克隆，舔。」

狼伸出壯碩的前腳，把我壓倒。難道是打算殺了我嗎？錯了，不是那樣——庫魯卡是要幫我舔身體。狼，竟然舔了小狐狸我！

「克隆，我喜歡。克隆，好味道！克隆，有野兔的味道，好舒服！」

庫魯卡那樣說道，一遍又一遍地舔著我。於是，我們成為了朋友。庫魯卡一停止舔我，我就站起身來，面向雪堆的入口。

「克隆，要走了嗎？」

「留在這裡。」庫魯卡低聲說，「風還很強，雪還很大。」

因此我決定留下來。那天晚上，我們肩靠著肩，互相取暖入睡。

豎起耳朵聽！

太陽公公暖洋洋。豎著耳朵聽。白色的毛髮、白色的雪。

我，動來動去。敵人的事，不操心；可怕的聲音，什麼也沒聽見；沒有誰，突然撲過來殺害我。

（蹦、蹦、蹦）

再一次站住，豎起耳朵聽，偷偷看一看四周。沒事沒事，一點動靜也沒有。

喲呵！喲呵！掘雪地。

把雪扒開踢得到處飛的工作，就交給強壯有力的後腿。要像這樣，用靈活的前腳，在雪地下面尋找好吃的東西。

小小綠葉，像雪一樣冰冷。

（ㄎㄠ、ㄎㄠ、嚼嚼嚼，抽抽鼻子，ㄎㄠ、ㄎㄠ、嚼嚼嚼）

來，再掘一下雪地找找小紅莓吧！渾圓、豔紅的果實放進嘴裡大口嚼，香香甜甜的果汁，「啾～」一下，散開來。

（蹦、蹦、蹦）

我，站住。什麼聲音？豎起耳朵聽！沒事沒事。再抬起後腿扒開雪、踢得到處飛。喲呵！喲呵！小小綠葉搭配香甜紅莓，ㄎㄠ、ㄎㄠ、嚼嚼嚼。低頭放鬆，也讓耳朵休息休息。

什麼聲音？是用力踩在雪地上的腳步聲！大野獸加上小野獸。大的四隻腳，小的三隻腳！哪裡？哪裡？在哪裡？！屏住呼吸保持不動，耳朵也垂下來貼住身體。

是狐狸！狐狸來追我了！

我，趕快跑！蹦蹦、蹦！爬上山丘，快逃、快逃！山丘上頭，我停下腳步。白色的毛、白色的雪。保持不動，豎起耳朵聽。狐狸已經走得遠遠了。

咭———！真可怕！有聲音從頭上傳過來。動動耳朵，左邊、右邊、那邊。我一直憋住氣。咭—！太好了，只是烏鴉而已。會撲過來的東西，已經不見了。不管是狐狸還是狼，統統不見了。

（蹦、蹦、蹦）

登高遠眺

在我的觀念裡，作為生物一旦罹了病，拋開形式的拘束，選擇烏鴉容易發現的地方當作死亡場所，是一種禮貌。

話雖然是這樣說，不過，那兩隻病獸，豈不是非常相配的搭檔嗎？三隻腳的狐狸加上腳被打瘸了的狼！一個蹦著前進，另一個拖著腳走。提起那姿勢，真是令人捧腹大笑啊！早點死掉不是皆大歡喜嗎？實在是頑固又不懂禮貌的傢伙們！

託牠們的福，我就這樣餓著肚子，不得不遭受兩次暴風雪的凌虐！又來了，尾巴熱辣辣地痛。唉呀！從懸崖上颳下來的風實在太強了，而摔落的雪就跟飛石一樣！再怎麼小心躲在後頭，也實在很難完全避開這暴雪。

雪勢終於平穩下來了，我照例往那對殘缺不全的搭檔藏身的雪堆中走，過去巡視一下。等了好一會兒，那隻狐狸才露出臉，走出洞穴。出現在牠身後的，是理應身負重傷的狼。傷勢看起來，可不是也已經好了幾分？那個沒用的殘廢！一隻小狐狸都殺不死，算什麼狼！更令我火大的是，那兩個傢伙似乎已經完全變成好伙伴了。

一整天，狐狸捉了好幾隻旅鼠，狼想要給牠們致命的一擊，舉起了前腳，因而弄疼了傷口，發出哀嚎。這時，狐狸就會過去替牠舔舐傷口。狐狸在吃獵物時，狼以一陣咆哮威嚇牠……，應該說在快要打起來時，狐狸分了一隻旅鼠給狼。

這種事說出去，到底有誰會相信呢？為了狼，狐狸竟然把自己捉到的旅鼠，擺在牠面前。真是愚蠢到不行！想要用旅鼠這種東西來填飽狼的肚子，少說也需要五十隻吧！那傢伙如果一定要那樣做，留一隻給我，遠遠來得有幫助的多了。嘎——！真的，我的話，只要一隻就相當足夠了啊！

那兩個伙伴，就那樣朝著北方走。似乎是好歹也要走到那「偉大的出海口」去。走了一會兒之後，那對搭檔發現了野兔的蹤跡。那一帶散落著腳印，岩塊上也掉著軟綿綿的毛。那一年，碰巧遇見每隔七年就會出現一次的野兔大繁殖期。這一回，應該能期待吃到美味的殘渣才對。不管是狐狸還是狼，哪一個順利殺掉獵物都可以。然而，提起那兩個沒能耐的傢伙，還真的剛好配成一對。不僅腳都不好，說到蠢笨，更都無藥可醫呀！

唉唷，話雖這麼說，不過那隻狐狸還真是幹得好呀！那種把野兔追到河谷裡的腳力的確不是蓋的。然而，狐狸畢竟是狐狸！先發出聲音是不行的呀！野兔已經決

定逃到上面去了。沒有先教會那傢伙這件事，是牠母親的錯。

想打野兔，要先面向上風處，從地勢高的地方追起才可以，這是定律！

就那樣，眼睜睜看著美味的大餐逃走，所以我現在只好在這個河谷裡碎碎唸了起來。勉勉強強值得欣慰的是剛剛那頭野兔，把去年埋在雪底下的小紅莓給挖了出來，這個可是得之不易的東西呀！這冰冷的紅莓只吃下一點點，消化能力就會變好。而且若是有東西墊肚子，效果更會加倍！嘎──！想來想去真的很火大，沒用的臭狐狸！

舒緩合宜的風吹過來了。要是順著風勢，就能一口氣飛下河谷吧！因此我把那兩個蠢蛋的事拋諸腦後，快速搶上前去。河流前進了一小段路之後，撞上大岩塊，岔開分成兩股。這兩條支流最終又再度匯流，合而為一，沿著險峻的山崖，形成一個急轉彎（事實上，這個山崖上，我有一個稍嫌痛苦的記憶。夏天一到，白隼夫婦就會在此築巢，我一直都打定主意不靠近這對貪婪、不通情理的夫妻，今年本來也應該不會回來）。

一來到山崖上，我的雙眼就捕捉到一頭北美馴鹿。我畫了一個弧形飛下來，發現那頭馴鹿的後腳被冰的裂縫夾住了，正為了想要拔出來而努力掙扎著。在有著白隼鳥的山崖這一帶，由於河流的流速非常快，無論是多麼寒冷的冬夜，河底也不會完全結冰。這頭馴鹿一定不知道這一點，所以不小心用力踩穿了河川表面上的薄冰。

既然如此，我還在蘑菇什麼？

我想看清楚情勢，於是慢慢靠過去。馴鹿從鼻子噴出白沫，翻著白眼。

「敢問發生何事？」

我用北極話中的敬語請教牠。

「好痛！好痛！」

馴鹿又一陣狂亂。

「好痛！好痛！夥伴都走掉了，剩我孤伶伶的一個。狼來了，真可怕、真可怕，好痛！」

當然，告訴牠這一帶的狼幾乎都被殺死了很容易，但是我卻選擇了沉默。

「很痛苦嗎？」

「好痛！腳，痛得厲害！」

這頭馴鹿恐怕卡進裂縫裡時，也撞上了石塊而折斷了腿骨。唉呀，真是的！沒辦法，只怪這頭馴鹿太倒楣了。腳骨折就不能再繼續旅途了，因此同行的夥伴才捨棄了牠吧？若是夠聰明的馴鹿，當然會這麼做！那些傢伙和愚鈍的麝牛可不一樣。

想必是看見這頭馴鹿在掙扎，領悟到留在這兒會有危險。馴鹿還是非常小心的動

物，極少發生踩穿薄冰這種事。

我差不多連續拍了六下翅膀，趁著風勢，飛回懸崖上，打算在這裡登高遠眺，享受一下君臨天下的感覺。把那對討人厭的白隼夫婦的巢放在屁股下面，真是比什麼都舒坦啊！順便再讓牠們見識一下我香噴噴的糞便吧！嘎啦啦啦——！那兩個傢伙一定想都想不到吧！雖然牠們令人嫌惡，但這裡還真是舒服，如果沒有那對囉哩叭嗦的白隼鳥，簡直就是極樂天堂！

然而，可憐的是那頭馴鹿。我打從心裡同情牠的不幸，牠那樣用盡全身力氣、死命地掙扎……，此刻，只能祈禱牠別滑到冰塊下面。倘若牠被流水沖走的話，我好不容易才等到的死屍，就浪費掉了啊！要是那樣，便成為舉世無雙的悲劇了。啊——，光看著馴鹿的身影，胃袋就揪成一團了！

嘎——！嘎——！嘎啦啦啦——！現在回去告訴那匹狼這裡有獵物好了！與其只是在這裡靜靜等待，讓那傢伙替我下毒

手，要好上幾百倍！

我振翅飛上天，這霸氣十足的聲音，響徹遠方的山谷。

嘎——！嘎啦啦啦——！

果然，今天還蠻走運的呀！

是北美馴鹿！

庫魯卡突然站住，豎起耳朵來。在河川下游的大出海口那邊，看得見烏鴉正飛在高空中，畫著圓形。

「烏鴉發現了北美馴鹿！」

庫魯卡怒吼一聲，出其不意地跑了出去。我雖然拼命追，但傷勢還沒痊癒的庫魯卡，還是跑得比我快很多。我們在平坦的冰原上，逆著風疾速狂奔。此時傳過來的烏鴉叫聲，顯得比剛剛更為清晰。

「嘎——！嘎——！嘎——！嘎——！是馴鹿！是北美馴鹿！」

那個嘶啞的聲音聽起來相當熟悉。是那隻執拗地跟了我一路的烏鴉。不一會兒，其他烏鴉聽到這傢伙的叫聲，全都聚集過來了。

是北美馴鹿嗎？大約有幾頭呢？是一頭？兩頭？還是一大群呢？從烏鴉的叫聲中我無法得知。

其他的狼群也出動襲擊了嗎？

此時此刻，除了庫魯卡以外，應該什麼都不用操心……，我拋開雜念，努力地奔了過去。要是有其他的狼來，庫魯卡也一定會因為我是好朋友，而保護我吧！

已經逃不掉了

我們成群結隊渡過無邊無際的凍土帶。好幾萬頭的龐大隊伍行進的情景，就宛如銀灰色及黃褐色的巨河大川潺潺流動一般。啊！好苦！腦海中浮現地衣植物的味道。灰綠色的、土黃色的，又柔軟又富含營養的地衣植物，密密麻麻地生長著。肩並著肩行進的我們，頭上的枝枝角角連成一片，恰如會活動的森林一樣，每走一步，就喀喀地響。角碰角的聲音、蹄子踢在裸露岩塊上的聲音。我們這群隊伍淹沒了大地。

但是，我們北美馴鹿絕不會單獨行動的。因為灰色的、白色的、尖牙利嘴的野獸，一直準備襲擊我們。即便如此，直到此時此刻，我依然從未怕過那些傢伙。我精力旺盛、強壯有力，更擁有不輸那些傢伙的腳程。那幫野獸狙擊的對象，都只是生了病、腳負傷的，還很幼小或是孱弱的馴鹿。

剛剛那隻烏鴉到處大聲張揚，說我在這裡。我受了傷的事全都傳開來了。現在，我的腳受傷不能跑。是那幫傢伙首選的目標獵物！想到這裡，我就害怕得不能自制。

那傢伙來了！

白色的狼，似乎是單槍匹馬。烏鴉對著那傢伙的背影耀武揚威般地嘎嘎叫著。我死命拔著我的腳，然而越奮力掙扎，跟著襲來的疼痛越是難耐。白色的狼到冰上以我為目標走近。其他的烏鴉似乎也因而聚集過來。純白的雪地上，棲息著四隻鳥，有如黑點點一般。狼在我的周圍繞來繞去，漸漸逼近我。我，已經逃不掉了！

一這麼想，我的心情反而平靜下來了。我將要在這裡死去。但是，覆蓋大地的銀灰色以及土黃色的河流，會繼續流到各地去。我們這種渺小的族群以及其他的族群，會在河川的流域裡融合在一起。啊，那傢伙，狼，靠過來了……。

嘴裡那地衣植物的濃重苦味又甦醒了，還聽得見從各地來的、上千頭的馴鹿隊伍行經這裡的腳步聲。空氣中瀰漫著馴鹿們的氣息，牠們角碰著角。喀、喀、喀。

啊，狼來了。

幸運的狐狸

斷崖下，躺著掉進冰洞裡的公馴鹿，周圍濺起一片鮮紅的血花。就在牠身旁，有四隻烏鴉齊聲「嘎—！嘎—！」地抱怨著。庫魯卡正在賣力把死掉的馴鹿從洞穴裡面拖出來。我小心仔細、悄悄地挨近牠。現在，庫魯卡神經兮兮的，因為在取得獵物的那一瞬間，必須集中所有的精力。不管是什麼樣的朋友，想靠過去都不是那麼簡單。庫魯卡一放掉馴鹿，那龐大的身軀又往洞裡面滑落一點。庫魯卡黃色的雙瞳轉過來盯著我。

「馴鹿好大！這馴鹿好重！克隆也過來幫忙，和我一起把牠拖出來。」

「克隆，小小的……」

「過來拖！」

「要是走到附近，庫魯卡會咬克隆。」

「克隆，過來！來拖這傢伙！」

「這不是大伙兒的美食嗎？呱、呱、喀嚕嚕──！」

烏鴉們也加入對話，騷動起來。我用一隻眼睛偷瞄著庫魯卡的身影，牠謹慎小心地走到馴鹿身邊，用嘴啣牠的屍體。毛脫落了。庫魯卡滿嘴馴鹿毛。不過庫魯卡還是用力叉開腿，張大嘴巴咬住。這是何等蠻力啊！我的話，只能拖拖胖野兔那種大小的獵物，馴鹿這種龐然大物根本別提！能獨力把馴鹿從洞裡拖出來的，一定只有「偉大的多拉加」而已吧！

「咕嚕嚕嚕、哆嚕嚕──！哆嚕嚕嚕！咕嚕嚕嚕──！」

呻吟從庫魯卡咬得緊緊的牙關之間漏出來。站在庫魯卡旁邊，我深深感覺到自己的渺小。結冰的河面上積著雪，我們幾乎是要讓前腳陷進雪中似的，使勁踩下去，用盡全力將馴鹿拖上來，一點一點、一吋一吋，那副沉重的身軀終於抬上來了！

「嘎啦！有大餐！」

一隻烏鴉喊叫起來，剩下的同伴立即出聲附和。

「呱、嘎──！是啊！是大伙兒的美食！」

庫魯卡精疲力盡地在雪地上坐了下來，肩頭滲出血來。那並不是馴鹿的血。牠的胸口起伏地很厲害，舌頭也軟弱無力地吐了出來。我挨到牠身旁，舔舐那個綻開的傷口。

「庫魯卡好強壯！」

我一這麼說，庫魯卡就抬起頭來舔我的鼻尖。

「克隆已經不是小傢伙了，克隆很強壯！」那是非常溫柔的聲音。

「現在就要吃嗎？」我問道。

庫魯卡站起身來，弄掉黏在屍體上面的雪，仰天長嘯。

「啊嗚……」

好淒厲的聲音。是在呼喚死去的同伴吧？我一動也不動地凝視著庫魯卡。狼極少在白晝裡嚎叫，因此連那些烏鴉也識趣地閉嘴。

庫魯卡低下頭，轉身對著死去的馴鹿，低吼著。

「來，吃吧！吃得飽飽的！」庫魯卡對扭扭捏捏的我，這麼說道，「克隆，吃！庫魯卡也吃，一起吃吧！」

欣喜若狂的我，半開玩笑似的回答，「烏鴉也一起嗎？」

庫魯卡低咒一聲，咆哮出來，接著作勢要襲擊那些烏鴉。烏鴉們驚慌失措，紛紛飛到山崖上去，咕咕嘎嘎地大聲亂叫。我們立刻開始用餐。好多好多還有溫度的、似乎還滴著血的肉啊！

我生平第一次見識到這種大餐。能分享到像庫魯卡和「偉大的多拉加」這類野獸吃的美食，一定是幸運使然！我是隻多麼幸運的狐狸呀！

「喀嚕嚕——！」

上次說的那隻年老的大烏鴉，打斷了我正陶醉著的美夢，尖聲叫起來。那傢伙瞄準我們，狂亂地飛撲下來，而我們根本不把牠當對手。

「喀嚕嚕——！大伙兒的美食！」

那傢伙喊叫著。

「呱、呱、喀嚕嚕——！大伙兒的美食！」

另外三隻也齊聲應和。

「咕嚕嚕——，就留點馴鹿的屁股渣渣給那些傢伙吧！」

庫魯卡的話，讓嘴裡塞滿好吃肉的我，忍不住哈哈大笑。

就在那個時候，我發覺某處傳來了今年最悅耳的，雪地黃道眉鳥的歌聲。

春天的消息

「三隻腳」和「碎耳朵」大啖了一頓馴鹿肉，酒足飯飽之後，又朝「大而無當的出海口」繼續上路去了（這兩個臭傢伙！竟敢忘恩負義，枉費我通風報信，連一塊完整的肉也沒留給我和我的弟兄們！）。

出海口現在雖然還被冰覆蓋著，但是水已經可以流過某些地方了，冰上的裂縫也在擴大中。

無論如何，對一年到頭都生活在這裡的我們來說，雪地黃道眉的歸返是最佳的音信——春神，已經降臨此地了。

實在很不可思議，一聽到這個嬌小玲瓏的朋友發出聲音，心情就會好起來。光只是側耳傾聽牠們講同伴閒話之類的無聊話語，自己的情緒也會隨之起伏。像是「喂，又來了個很有架勢的傢伙唷！」這種話。

而那照耀著我自傲羽翼的太陽神，真的溫暖極了！在明亮的驕陽映照下，我的身體閃耀著紫色的光輝。久違的陽光也在岩石上停了下來，從岩石的肌理中傳來的溫度，弄得我腳底刺癢癢的。

白晝，海豹們也隨意躺臥在冰上曬太陽。海洋從冬眠中恢復了生氣。這種時節，又可以吃到美味的食物了。

結了冰的海面上，到處都開著大大的裂縫。退潮時，潮水甚至會割裂冰山，海岸的地勢也會下降。這時要是往岩石上頭輕輕一飛，就會發現成群蠕動著的小蝦米。趁著牠們擠在一起，我們便盡情地啄食，直到填飽空空的肚子為止。

那年春天，我找到了新的人生伴侶。因為以前那個老婆，已經回到我們位於山頂上的巢去了。現在的老婆嬌小且頗具姿色。年輕的烏鴉當中，雖然也有她的追求者，但我一展現出在空中飛舞的翩翩姿態，以及鮮亮、閃耀的羽毛，便高下立見了。我還亮出優美的嗓音……，一聽到我嘹亮的聲音，她就會被我給迷得七葷八素吧！年輕小伙子根本沒有出場的餘地（非但如此，提起我貢老爺格鬥的蠻力，可是無人能出其右唷！伸出尖銳的嘴喙猛然一刺，再用腳爪使勁拖……，世上絕沒有敵得過我的烏鴉！）

然而，這個伴侶實在是相當剛強的女性。築巢的建材一不合她的意，她就會嫌東嫌西、囉哩叭嗦地抱怨。那是她貪慕虛榮的弱點。然而，我還是去找來了雷鳥漂亮的胸羽、美麗的小柳條、奢華的狐狸或野兔毛。那些東西果然奏效，我老婆開開心心地孵了蛋。我打從心眼裡愛著這個伴，愛到可以把最珍惜的寶物借給她——那個會「滋鏘！滋鏘！」響的寶物。能和我在一起的人，實在是非常有福報。嘎——！要是她沒這麼想，會得到報應的唷！

忙著迎娶新伴侶、築巢、照顧新生雛鳥的同時，我看丟了上次說的那兩隻野獸的行蹤。但是，等到這短暫的春天即將告終之際，我再出發，應該能追上牠們吧！絕不讓牠們離開我的視線。無論如何，牠們應該熬不過明年的冬天。

不管是哪一個死掉，我都要當場看著牠斷氣不可！不要讓同胞的死白白浪費掉，這是我的信念。

隨著春天來到的，嘎——！是多麼吵雜的局面啊！一年當中，再沒有比春天更喧囂的季節了。位居第一的是雪地黃道眉，其次是拉布蘭（Lapland，位於斯堪地那維亞半島最北端）黃道眉。牠們高高飛上天空，抓住這個時機高聲鳴囀。接著，旅鼠、田鼠加黃鼠這一伙愚痴的同黨，從穴倉裡露出牠們蠢笨的臉來；最後，野鴨、紅喉潛鳥、沙鷗、海鷗、燕鷗、雁、賊鷗這一類的水鳥，也陸陸續續回來了。「嘩—嘩—嘎—嘎—」地叫著，彷彿要翻天覆地般的大聲喧嘩。不管是這邊的池塘還是那邊的湖泊，都聽得見牠們到處傳播著，誰和誰分手、誰又和誰在一起了這種八卦。

俗稱伙伴的傢伙們，那種愚蠢的騷動，不管看幾次都不會厭煩。牠們幾乎每回都能令我捧腹大笑。

嘎——！不，事實上還蠻有趣的。

跨越冰之海

水、水、水……，不管走到哪裡都只有水。我聽克隆說，應該到這出奇廣闊的河川出海口來看看。這裡的水非常鹹，實在是難以入口。據克隆所言，逆流而上，到那條大河川裡去的無數紅點鮭們，都是從這兒來的。但是，有關這兒的水鹹得要命的這類恐怖事，那傢伙竟一句話也沒提！

有一大片冰覆蓋在這寬敞的水面上，大約是狼的三倍，不，可以說是四倍那麼大的冰在互相上下震動、傾軋著，喀啦喀啦、空隆空隆，發出宛如雷聲般的怒吼，壟起巨大的山脊。附近另一面冰上頭，則跑出了無數的裂縫，隨著水起起落落，反覆地一開一閉。

我是庫魯卡，提起這個名字，雖然不至於讓人露出驚恐的神色，但肯定一肚子厭惡的情緒千迴百轉。這兒和我截至目前為止看過的湖泊完全不相同。不合我意。這種滋味不好的水，就更不值得一提了！

「克隆，回來吧！已經是春天了。陸地上有很多很多的野兔和旅鼠唷！應該也可以自由地獵馴鹿和小鳥了。」

沒回應。克隆跳到岸邊的冰塊上，攀登到頂端去眺望四周了。

「是海豹！好多海豹！還有野鴨子！『偉大的多拉加』走過的路，放了好吃的食物給我。」

「偉大的多拉加……？」

第一次聽到這個名字。是什麼來頭？是狼嗎？我在岸邊蹲了下來，望著遠遠圍住壟起的冰脊，思考著這件事。正打著哈欠的時候，克隆下來了，牠突然咬了我一下又立刻放開。

「『偉大的多拉加』很大的。會捉海豹。海豹的肉也會分給狐狸吃。牠溫柔又強壯，跟庫魯卡一樣。」

「牠們結伴打獵嗎？」

「『偉大的多拉加』一直都是自己一個。」

「在哪裡呢？」

「那裡。結著冰的海面上。」

「海」這個字我第一次聽到。克隆丟下我，快速跑到冰脊上，然後朝著對面

平坦的冰上跑過去。「跟過來！」牠喊叫著。不過，那上面有冰塊激烈地推擠、傾軋、碰撞。我注意著不要陷進冰上的裂縫裡，戰戰兢兢地站在我嬌小的朋友身旁。克隆站在看得見流水的裂縫旁邊。下面深不見底呀！我試著舔舔看。難吃得要命。而且鼻子還弄得刺刺癢癢的。

「來，走吧！」克隆說，「我們跨越海洋。冰馬上就要碎裂，開始移動起來了。」

「海水好難喝。庫魯卡要回去了。庫魯卡喜歡山和河谷。」

克隆又突然過來咬我，然後急忙躲開。這回我也開始追起牠來，把那傢伙打倒。克隆裝做很害怕的樣子，拔尖聲音大叫。我一走開，牠又過來咬住。就這樣，玩了好幾次捉迷藏。

我喜歡這小子。

「庫魯卡，害怕嗎？」克隆坐下來，抓著我的耳背。「克隆，在冰上走過好幾次。克隆要去很多野鴨子、很多鳥蛋的地方。好多海鷗、好多鳥蛋，野兔和旅鼠也非常多。庫魯卡，害怕嗎？克隆要出發了。」

克隆獨自一個走出去，走了一小段路之後，發出叫聲。到底是為什麼呢？就這樣離開這裡——我的地盤。看來那裡可能是克隆的地盤。妻子過世了，跟我同一群

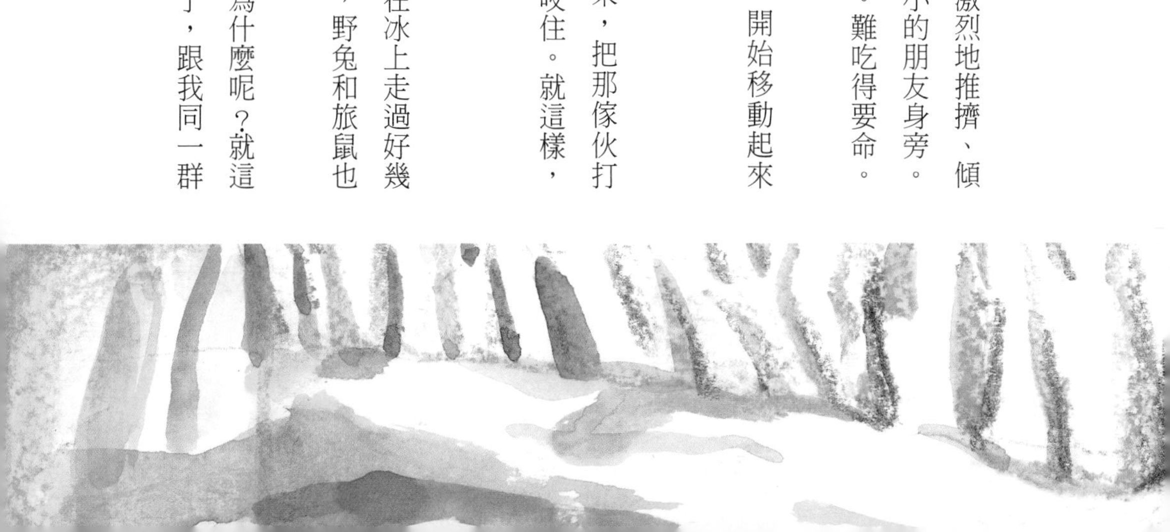

的伙伴也過世了。現在，我想跟著這隻小狐狸走了。既然沒有其他更好的辦法，也就只好這麼做了。

一如往昔並肩同行時，我問克隆，我們會碰見「偉大的多拉加」嗎？「也許吧！」他說。克隆的回答含糊其辭。如果遇見那傢伙，我會跟他打架嗎？雖然想盡量避免不必要的戰爭，但對方要是敢對我或克隆出手，我庫魯卡一定把牠視為敵人。

「現在開始，『偉大的多拉加』會開始獵捕海豹，會留海豹肉給我們吃。不要打架，我們等待多拉加吃完飯離開，在上前去。」

我吼了一下。不論何時，第一個享用獵物的，從來都是我庫魯卡大爺。假使那傢伙說什麼都不肯讓我先，我就跟牠打架！

克隆急忙從我身邊躲開。明明是隻狐狸，卻跟頭狼一樣，似乎了解我正在想些什麼。

「打架，不行……，『偉大的多拉加』是最厲害的。能在冰上殺死海豹的，只有『偉大的多拉加』。」

一邊這麼說著，克隆蹦蹦蹦地跳起來，已經開始跨越這片冰海了。看不見對岸，也嗅不到味道，這是一片無邊無際的冰原。但是，我依然在克隆的身後追著。陽光非常溫暖，肩膀的傷已經完全復原了。

狙擊沉睡的海豹

那還是個剛剛出生、還未足歲的小傢伙，充滿可趁之機。竟如此悠閒地睡著午覺。我把頭探進洞穴裡面窺看時，那傢伙正開始恍恍惚惚轉醒，當時我的心臟一瞬間快速跳了十下左右。

就要沒事了吧？我試著動一隻腳，正靜悄悄、鬼鬼祟祟地放下去時，海豹突然抬起頭來。我一直屏住呼吸，像包圍四周的堅冰一樣，動彈不得。

我的毛是白色的，拜太陽公公所賜，跟週遭的雪差不多閃亮耀眼。全身都是白的，黑色的地方只有鼻子而已。這個地方不藏好不行。

看見海豹還低著頭，我又快速地放下另一隻腳。那傢伙很年輕，是大爺我還沒弄到手的美食。好著急、好心焦呀！這時候，忍耐是最重要的。

且慢，牠又抬起頭了。一發現這樣，我這邊也僵住不動。似乎沒有發現本大爺。轉轉頭看看週遭，又很放心似的繼續睡午覺。

宇宙之神完全甦醒了。海豹們受到溫暖的陽光照射，紛紛露出臉來。太陽公公一回到天空中，鳥兒們也開始以島嶼為目標飛回來。「偉大的出海口」結的冰，很快就會碎裂了吧！冰一旦開始移動，我就要搭著它，讓它將我載到別的獵場去了。到有著許多海豹的地方唷！這面冰是大爺我的地盤，海豹唯一的依靠。

什麼時候？就趁現在！我觀察著牠的模樣，一步步接近……。

冰上危機四伏

是個閃閃發亮、光輝炫目的好天氣。

太陽的芒輝射進了洞穴之中。受淡淡光采映照的浮游生物真的非常美麗——粉紅的、綠的，宛如花朵綻放。

長期冰封的世界亦充滿了光輝，黃綠色的硅藻探出芽來。再稍微忍耐一下，冰就會碎裂，這一邊、那一邊，每個地方都會有水流過，屆時，日子就會變得輕鬆愉快。也可以跟為了不使呼吸用的洞堵塞，全年無休削著冰、啃著冰的每一天道別。

那孩子正在做什麼呢？大概一直躲在洞穴中吧。牠是個擁有純白色的毛髮、大量喝著我的奶的，圓圓胖胖的可愛小孩。

海底遍佈著美食。滿嘴嚼著甘甜的小蝦米，走，回到上面去吧！就快不能呼吸了。對準洞穴，吁、吁、吁……。

到冰上去曬曬太陽，讓溫暖的陽光曬乾我潮濕的毛髮。滾一下隨意躺下來，啪噠啪噠地拍著鰭。從水底上來，鼓動鰭的速度加快了，拜這個所賜，呼吸也容易多了。馬上就是餵那孩子喝奶的時間了。不過在那之前，先讓我小睡一下。邊打著盹，邊張望四周，冰上危機四伏，不盡量戒備可不行。

瞧，來了！

伙伴們一塊抬起頭來。

週遭的冰面上，散落著的黑點，全部都是我們海豹。大伙兒十分不尋常的糾著視線。啊，那傢伙又來了！似乎已經俐落地對誰下毒手了。

跳進水裡了！

唉呀，撲通！

冰下，我們七嘴八舌地議論紛紛。聽說，有個剛剛出生一年的孩子被殺。難道是……，該不會是那孩子吧？！不可能呀，我家的孩子現在應該在洞穴中安安靜靜地睡覺才對……。

抬起頭來，刺進洞穴中的太陽先生彷彿在呼喚著我。我想到明亮的向陽處去。但是，有極細微的聲音傳來，是貨真價實的，那傢伙的腳步聲——沉重地拖著走似的腳步。那是白色的身體加上黑色的鼻子，會襲擊我們的可怕敵人啊！

稍稍靠近洞穴裡去看一下。萬一，那傢伙想闖進我家的孩子睡覺的洞穴，現

在開始，我不這樣露出臉來，引開牠的注意力可不行！此刻，連喘口氣都攸關性命。因為說不定那傢伙猛然間，就會伸出大手撲過來。要是被牠那尖利的爪子抓到……，光用想的就覺得生不如死。

冰上雖然十分溫暖、舒適，但也相當可怕。我們一邊談論著，一邊窺伺著那傢伙的動靜。

從長途旅行中歸返

我們大家連成一線，在天空中飛行。我們張開羽翼乘著風、張開羽翼乘著風繼續著旅程。小島四周圍的堅冰，大部分都已拓出了流水的通道。池塘中的冰已經裂開了縫，湖泊附近也是如此，到處都可以看見許多弟兄，用單腳著陸的身影。

為了準備成親娶新娘，我們的羽毛變得如此亮麗奪目！強烈的黑白對比、粉紅色的胸羽、綠色的頸子……，我們身上的色彩，恰似生長在南方斜坡上，隨處可見的地衣植物的顏色。

雖然如此，我們才剛歷經過長途旅程的勞累奔波，遠遠離開岸邊，跨越狂暴洶湧的海洋，千里迢迢來到這裡。我們排成整齊劃一的隊伍，對準冰與冰之間的水面，張開成一個扇形。跳進去激起水花、製造氣勢萬鈞的飛沫那一瞬間，心情沸騰到最高點！拋開了疲倦和萎靡，拔尖聲音叫出來。

嘿咿——！早安。

嘿咿——！請多指教。

嘿咿——！各位全都是性情溫和的傢伙。稍微壓低綠色的嘴喙，這是我們王絨鴨打招呼的標準姿勢。

嘿咿——！母鴨馬上就會來，聯誼的宴會要展開了。

嘿咿——！我們，是性情溫和的伙伴。

嘿咿——！嘿咿——！

水底，貽貝（淡菜）密密麻麻。用蹼輕輕踢一下水面，即使翅膀僅僅張開一半，要是潛入水中，泳技也不會輸給魚。這裡遍佈著貽貝，整個水底似乎全部鋪上了深紫色的貝殼。如果待在這裡，進食是不用愁的。

我從水中浮上來，停在被太陽公公曬得暖烘烘的岩石上，努力修補羽毛。雖然折斷了，但依然充滿迷人的光澤。不，我完全是個無論如何都不會輸別人的男子漢。

沉靜之中響起的聲音，是我們的砂囊磨碎剛才吃的貝殼的聲音。那聲音就像是從遠處的南方海面上，席捲而來的風暴。

我們對著天空，張開了羽翼。

啊，母鴨馬上就要蒞臨了。那些身子被褐色羽毛包覆的美人們一旦聚集在一起，我們公鴨就會手舞足蹈。這個時候正是挺起胸膛，盡量秀出和黎明時的天空相

似的，淡淡粉紅色羽毛的機會。

嘿咿——！

呀嘿！

偉大的多拉加的足跡

庫魯卡真奇怪！這樣在冰上追著海豹來回跑。明明就不可能捉到的呀！庫魯卡的身影完全暴露在外面，牠靠對方多近，一定會被發現的。但牠似乎真得以為能在海豹逃進冰洞之前捉到牠們。不管庫魯卡的腳程有多快，都來不及啊！真可笑。因為從剛剛開始就一直失敗，所以牠現在心裡有點不平衡。這種時候，還是閃遠一點為妙。

那之後不久，我們發現了「偉大的多拉加」的腳印。有好一會兒，庫魯卡陷入了沉默，因為殘留下來的腳印，看起來比起任何一匹狼都大太多了！我馬上就想去追隨多拉加。然而，風颳得更大了，冰上的裂縫也在漸漸擴張中。冰塊發出嘎吱嘎吱的聲音互相推擠，隆起一座新的冰脊。已經沒時間了，不快一點，這裡的冰就會破碎得七零八落了。

小島散發的氣味已經擴散開來了。頭頂上，好幾千頭的海鷗，陸陸續續通過這

裡。每過一天，白晝的時間就會拉長。不久，一定就是沒有夜晚的永晝了。屆時，雪會融化成水，冰上也會到處積水。庫魯卡也嗅到了陸地的氣味，牠甩了甩大大的尾巴。

「是陸地！」

牠高興地甩著尾巴，哼著鼻子說。

「是島啦！」我教導牠，「有很多的島喔！不久，就會有鳥兒來築很多的巢，也會生下很多的鳥蛋。島上旅鼠和野兔一大堆，雷鳥也一大堆。吃的東西，滿滿都是！」

「那個大腳渾蛋也會到島上來嗎？」

我咬了一下庫魯卡。那樣形容「偉大的多拉加」真是失禮。說不定多拉加也會來島上。但是，這種事誰也沒把握。

庫魯卡故意發出可怕的聲音，還來打我的尾巴。我嚇了一跳，連忙躲開，嘀嘀咕咕地抱怨。

「庫魯卡要和大腳打架！」

「打架啊……，多拉加太大了、太強了。會讓庫魯卡夾著尾巴逃走……呀！呀！救命啊！」

我戲弄著庫魯卡，然後又開始和牠相互追逐起來。庫魯卡朝著陸地的方向，直直追著我。巨大的前腳踢開冰，「啪唰！」濺起好大的水花。

即使已經精疲力盡了，我還是拚命地向前跑，因為遠遠地看得見，前方浮現了島的影子。

娶親的季節

我們池子裡的冰也融化了。池塘底下滿滿是黑色的污泥。污泥上有水，美味的蟲子在那兒成群蠕動著（有數不清的蚊子以及獨角仙的幼蟲、螺、水跳蚤……，當然還包括粉紅色的豐年蝦）。

我們降落到池塘中，高唱娶親之歌。

「啊嗚、啊嗚、啊哈嗚哩克！」

池塘四周的雪也融化，美麗的花朵綻放了——開著紫色的虎尾草、黃色的罌粟。我們的池塘正中央有個小小的島，我們會在這兒築巢。這樣一來，就不用害怕狐狸了。

來吧！小姐，到這兒來！我們的池塘是最棒的！

「啊嗚、啊嗚、啊哈嗚哩咕！」

即使有其他的公鴨經過，我也會到上岸去把牠給攆走。這個池塘是屬於我們的，稍後，要用來迎接可愛的新娘子。

「啊嗚、啊嗚、啊哈嗚哩咕！」

來吧！請來觀賞我們在水上的舞姿。我們為妳而跳舞！

哎呀呀……狼和狐狸來了。不過不用擔心，只要我們待在水中，那兩個傢伙也無法出手。我們的島會守護我們產的卵。來吧！小姐，到這兒來！我們為妳而跳舞！

「啊嗚、啊嗚、啊哈嗚哩咕！」

沒有馴鹿的夏天

尾巴長長的公長尾鴨，把這裡當作自己的池塘，拉開嗓子叫嚷。海鷗和沙鷗好像也是各據一方，以池子的主人自居。湖泊中，紅喉潛鳥發出尖銳的叫聲；海面上，王絨鴨的尖叫驚起了怒濤；沼澤裡，雁鴨鳴叫著。

順利的話，能捉得到一兩隻鳥類來打牙祭，可惜大多數時候捕捉到的獵物都是旅鼠。

我可以和庫魯卡一起打獵。

我們倆不會互相爭奪食物，我們會合力捉拿獵物。庫魯卡翻倒岩石，我則給那些傢伙一拳嚐嚐。在我不小心失手時，我們兩個便一起去追逃走的旅鼠。

這裡充滿了繽紛的顏色。多麼明亮美麗呀！蟲子和鳥兒中氣十足地唱著歌，開始到處娶親或築巢，接連不斷地爭奪著地盤。我們歡樂地打著獵，肚子整天都飽飽的。可惜庫魯卡卻顯得無精打采。

夜晚漸漸縮短，天色明明已經不會變暗了，庫魯卡卻仍然望著月亮嚎叫。不過，並未獲得回應。

「弟兄們都走掉了，大家都去追馴鹿了。」

正如庫魯卡所言，這個島附近並沒有馴鹿的蹤跡，更見不到狼隻的身影。

「回陸地去吧！到那裡去獵捕馴鹿。」

「克隆很小隻。克隆不會打馴鹿那種東西。」

「庫魯卡會打，克隆只要吃就好了。」

連續好多天，庫魯卡反覆說著這樣的話。日復一日，他走到海岸邊，不知道眺望著海還是什麼。碎冰「啪吖、啪吖！」地浮上海面，從這一邊這個島上，似乎看得見非常大型的白色及藍色海鷗。庫魯卡抬起頭來，聆聽在水面上跳著舞的公王絨鴨們唱歌。大家為了吸引母鴨注意，是如此地賣力呀！提到這種鴨子，羽毛若是褐色的，就是母鴨了。

庫魯卡完全冷靜下來了。大概是因為牠明白已經不能再回到陸地上去了的緣故吧！我故意在庫魯卡的周圍繞來繞去地嬉鬧著，如果能像平常那樣開始玩追逐遊戲，說不定就能轉移他的注意力。然而，庫魯卡卻只用鼻子輕輕哼了一下，並沒有追過來。這明明是他最喜歡的遊戲……。

夜晚雖然短暫，但還是很美好。不過說到庫魯卡，牠仍持續整夜朝遠方哀嚎。那種淒厲的嚎聲聽起來令人十分難過，因為無論如何呼喚，海始終不會予以回應。

每當風吹過來，冰柱就會「啪擦啪擦」地發出清澈的聲響，而宛如暴風雨似的吼聲一出現，河川便開始流動了。

「這是個好地方，到處都是食物。」

我坐到庫魯卡身邊，向牠搭話。

「食物都只是塞牙縫的獵物，沒有馴鹿！」

庫魯卡搖搖晃晃地漫步著，然後隨意躺臥在黃綠色地衣植被上。剛剛孵化的蚊子，在庫魯卡的鼻頭上嗡嗡嗡地飛來飛去。我為了捕捉雷鳥，躡手躡腳地行動著。看見庫魯卡黯然神傷，我也不禁悲從中來。這裡明明就真的是個好地方，而夏天也已經來臨了呀……。

再過一陣子，我們可以通過堅冰融化的道路，到另一邊那個島去。此時此刻，不論哪一個島，一定都有許許多多的鴨蛋可以吃。

咭──！夏天真棒！

鳥蛋大餐

我們朝著島的對面走，渡過海洋。那裡不僅有著旅鼠及野兔，如果走進淺灘中，還可以捉得到北極紅點鮭。拜其所賜，我們的肚子撐飽了，而吸我們血的蚊子肚子也跟著撐飽了。不得不承認，與榮耀同在的我們，在島上比起在凍土帶，要來的吃得開。

這裡是兩邊被山嶺包圍的「偉大的出海口」。兩旁聳立的山脊，形狀彷彿是從海中突出來的兩隻腳。幾座小小的島相連並列，宛如懸吊在「偉大的出海口」上的橋樑。克隆那傢伙，毫不厭倦地眺望著那些島。好幾次，他站在岩石上，確認著島的方位、嗅著風的氣息、查看冰融化的狀況。出海口有好幾千頭野鴨，飛來飛去地覓食，吵個不停。當然，像我們早就知道的，牠們開始築巢了。

太陽來回在空中運轉，已是黑暗不來造訪的「永晝」季節。太陽每繞完一圈，克隆就會出去觀察島的模樣，之後回到巢裡來，一定說出固定的臺詞。牠「咚！」

一聲坐下來，一邊抓著身體，一邊打呵欠，口齒不清地說著：

「咕——、就快了，再一下子……」

提起這麼說話的，那傢伙的樣子——之前沒察覺牠全身毛茸茸的，仔細一看，藏在冬毛之下的身體，還真是瘦得可憐哪！現在正值脫毛的時期，牠整個身體毛髮剝落，看起來斑斑駁駁地。白色的冬毛脫落之後，灰中帶藍的夏毛冒出頭來，乍看之下，那塊地方的毛好像是被誰拔掉了一樣。看見牠奮力狂抓的模樣，就知道一定癢得不得了。

「難道長了跳蚤嗎？」

我開玩笑地問牠。

「才沒有！」

那傢伙激動地反駁，鬧著要過來咬我。當然，我知道牠不是認真的，但是一旦被牠那口尖牙咬住，有時候也會滲出血來。我受不了，也有好幾次裝作要掐牠頸子的樣子。然而，克隆真的很可愛，和牠在一起很快樂。牠撫慰了我的寂寞。

我問牠：「為什麼你這麼喜歡眺望那些島？」

「因為有鳥蛋呀！」

「太遠了，水也很冷。」

無數個寒冬，我跨越了廣大的河川，但是，這個叫做海洋的地方，水溫比河川的水還要低很多，面積也更為遼闊。要游泳渡過這種地方，真叫人想舉手投降。

「流冰來了！」克隆說。

廢話。像被當成笨蛋一樣，真是太蠢了，於是，我不再問下去。一旦進入冰封的季節，確實連海洋也會結冰吧！但是，甚至連那種時候，鳥蛋之類的也會被海鷗給吃掉吧？平安無事孵化出來的，不久也會長出羽毛飛到南方去吧？

那時，太陽正高高掛在東邊的天空中。挾著小雨的風剛剛停下來，克隆蹦蹦蹦地跳過來，嘴裡不知在嚷著些什麼，。

「流冰來了！是流冰唷！流冰來了呀！鳥蛋！有鳥蛋！」

正在酣眠的我，低吼了一聲作勢要追牠，克隆那傢伙卻咬住我尾巴使勁拖。我一想要捉牠，牠就嚇得連忙躲開，一邊又繼續嚷著有流冰、有蛋。實在是吵死人了，我不情不願地站起身，抖落粘在身體上的水滴，跟著克隆走。

然而，到了朝海邊張開的岬角上一看，發現竟有不可思議的景象正在等著我。前些日子，出海口結的冰應該都不見了才對。然而不知道什麼時候，浮冰被吹在一起，形成了冰塊。不但有相當大的浮冰，另外一邊也有好幾個小冰山露出臉來，那就像殘留在雪地上的老鼠屎，一點一點並列在出海口的小島——被不整齊的冰道，

繫在一起。

「是風把流冰運到這個出海口來的。那是北方全部的冰。東風一吹過來，冰就移動了。趕快趕快，快一點！」克隆喊叫著，「有鳥蛋唷！」

我追在克隆後面穿越冰道。和牠一起爬到第一個島，野鴨的巢相當擁擠地排列著，腳每踩一步，就會踏到一個。巢最多的地方一次連續有六個並排。不管是哪個巢，褐色的羽毛下面都藏著青綠色的鳥蛋。

剝開蛋殼，小口啜飲內容物。咕嚕咕嚕，啾……！為了不輸給立刻就開始享用的克隆，我也吃起蛋來。我們的出現，引起了鳥類們的大騷動。不管是母鴨、公鴨、海鷗，還是正在築巢的伙伴，全都叫嚷起來，然而克隆卻老神在在，舉起靈巧的前腳，又開始享用另一顆蛋。先那樣敲敲底部，弄開一個大口……喀擦！似乎破得非常完美。克隆坐在岩石上，相當享受似的，啜飲著蛋汁。那實在是口味相當濃烈、別緻的美食。偶爾，聽到牠發出咀嚼的聲音，就代表牠幸運地選到一顆包裹著快成形雛鳥的蛋。我也不知不覺地開始跟著吃大餐。希哩呼嚕！真的是好吃得沒話說呀！

不過，雖然我們並不會對那樣的東西出手，但也會發現沾著糞便的鳥蛋。那些聒噪的海鷗們，會把糞便等髒東西帶到鳥巢中；甚至連壞心眼的烏鴉，也會用兩隻腳踩髒鳥巢，看見蛋就吃。即使截至目前為止，海鷗們尚未過來吃蛋，但這怪味道一定是牠們搞得鬼。真是奸詐、沒水準的傢伙！

雖然不能吃被污染的蛋，島上還有許許多多乾淨的鳥蛋。挪開羽毛可以發現堆得像小山一樣的蛋，我大快朵頤，吃個精光。偶爾，還會捉那種來不及從鴨巢裡逃走的母鴨，到通風良好的岩塊上面，慢慢地品嚐。這種時候，克隆還是吃不膩似的抱著牠的鳥蛋嗑著。喀擦、啾——，喀擦、啾——。託鳥蛋的福，那小子的肚子比原來大了兩倍。

島上的騷動沉寂之後，我們又移到另一個島去。到了剩下最後一個島還沒去的時候，克隆突然坐下來，舔著前腳說：

「克隆肚子好撐，想要睡覺了。」

「去下一個島吧！」我說。

對面的地勢很低，從這邊往下看，可以輕易將島的模樣看得一清二楚。島上遍佈黑、白、灰三色混雜的小石子，甚至也能看出空的貽貝貝殼四處散落。上千個鳥巢擠在那兒，其中有兩、三個是王絨鴨的鴨巢，剩下的似乎都是屬於不常看到的鳥類的——那是頭頂是黑的，嘴喙和腳是紅色的鳥，牠們用前頭尖尖的翅膀乘風飛翔，降落到小小的巢裡。也會在圍繞著島四周的海面上盤旋，突然迅雷不及掩耳地俯衝到水裡，用喙子把小魚叼上來。

從一個島跨越到另一個島非常有趣，比打獵更好玩。也許正因為這點，就連那種小小的鳥也會抱著美味的蛋吃。鴨蛋配上鴨肉，大肚腩都鼓起來了。最後來個點心剛剛好。

「庫魯卡，去吧！」克隆皺了一下眉頭。

「克隆，你不走嗎？」

怎麼回事？難道說那個島上有什麼危險嗎？睜大眼睛仔細看，那種事似乎不必操心。

「有燕鷗喔！」克隆說。那似乎是小型鳥的名字，只要光用聽的，就可以立刻推想得出來。

肚子實在很撐，不過還是跑得動。我們走著走著，跨越浮冰，朝最後一個島邁進。但是，就在我們前腳剛剛踏上島上土地的那一刻，先前提到的鳥，一塊兒襲擊過來了。翅膀很尖，嘴喙

更是厲害。我們真的怎麼也想不到，會有被好幾百頭小鳥攻擊的一天。那幫傢伙緊接著伸出利爪，用腳爪使勁抓我們。不，不僅奮力抓，還從空中撒糞便雨下來！

搞什麼？！

我們全身沾滿了鳥屎，強烈的臭氣嗆得鼻子都快歪掉了；糞便掉進眼珠子裡，被迫觀賞這排泄物，也讓我們霧茫茫的，睜不開眼睛來。我把耳朵往後放倒，捲起尾巴，心中唯一的想法就是趕快逃。

至於蛋呢？

連一個也沒吃到。因為糞便遮蔽了視線，好幾千頭的燕鷗齊聲鳴叫，幾乎要震破耳膜——那就像硬梆梆的石子互相撞擊，那種震耳欲聾的聲音。我揮舞手腳，落荒而逃，撤退到冰上去。

克隆尖叫一聲，逃到島的對面那一邊去。那傢伙只有講一句話……。

「臭死了！」

我們吃不到的燕鷗蛋，究竟是什麼滋味？那之後我思考了好多次。但是我想，只有那些傢伙們的島，我無論如何都不會再靠近一步！

我的蛋

五個蛋都是圓滾滾的綠色。我用胸羽覆蓋住，替它們保溫。我的巢在兩塊大石頭的中間，隱蔽在垂柳的樹蔭之下。這樣一來，海鷗們應該就不會發現。要到海裡去覓食的時候，小心地把重要的卵藏好，為了不被發覺，我躡著手、躡著腳行動。

好像有隻很大、不太常看見的生物正在蠢動。是狐狸！我屏住呼吸一看，牠正一步步往這邊靠近。

咕嚕嚕嚕——！就在旁邊了！怎麼辦、怎麼辦？！我恐懼地縮住身體左思右想，然後離開了自己的巢，火速跳進大海中，和同伴們一起游泳。狐狸加上狼，其後跟著一大群海鷗，大伙兒都非常害怕。我把臉埋進水裡，一邊尋找食物，一邊「呱——呱——」地叫著。

咕嚕嚕嚕——！

糟糕了！在巢裡的那些蛋，被攻擊了。

狐狸和狼一走，我立刻浮出水面，準備回到自己的巢去看看。一隻海鷗靠過來，替我攆走公鴨。我一個閃身進入岩石中間，還在還在！在幽暗的岩塊深處，五個蛋確確實實都還在。我坐在蛋上頭，俐落地拔下胸羽，把巢穴整頓得漂漂亮亮。

唉呀，差不多有兩個蛋，剛剛動了唷！

似乎就快可以跟可愛的雛鳥見面了！

被流冰沖走！

我們嗑了一頓鳥蛋大餐，掃平兩、三隻野鴨父母，還順便吃了兩隻雛鳥當附餐。酒足飯飽之後，舒服的風徐徐吹來，我們便決定小睡一下。不料就這樣睡過了頭。也許也是因為連一隻蚊子都沒有的關係，要是蚊子在耳邊嗡嗡飛舞，或是叮我們，我們一定馬上就會清醒。

當我們正在酣眠的時候，風向改變了，接著，海面捲起了大浪，出海口的冰也改變了流向，一面互相推擠，一面開始奔流。我跳起來，豎起耳朵。

「我們快被流冰沖走了！快點，趕快跑！」

但是，庫魯卡絲毫沒有起床的意思。多麼危險呀！庫魯卡卻渾然不知。我起身跳到被沖過來的冰塊上，順著水勢飄移，又跳到另一塊比剛才更大的冰上。無論如何，這樣下去是不行的！我憂心忡忡。島上剩餘的野鴨和鴨蛋，差不多再吃個兩、三天，就會消耗殆盡。屆時，我們就只能餓著肚子等死了。

「快點！這樣下去不行呀！」

我嚎叫著，庫魯卡也跟在後面漂到冰上來。就這樣，不知不覺被沖到了海岸附近。突然間，我們搭乘的大型流冰瞬間改變了動向，開始往相反的方向漂流。照這個情況看來，我們會被沖到外海去。

庫魯卡驚叫起來。

「要游泳嗎？」

「不行，水太冷了。四隻腳的野獸能在海上心平氣和游泳的，就只有『偉大的多拉加』而已。如果要學牠們那樣做，大家都會死翹翹的！」

載著我們的流冰，被非常洶湧的水勢沖移著。我眺望著遠方像飛走一樣、驟然遠去的海濱，感到頭暈目眩。海浪撞上流冰，應聲破碎；頭頂上，成群的海鷗打著圈，團團飛舞。那些傢伙，看著我們從陸地上一步步被逼退，笑我們是笨蛋。而流冰，似乎正朝著北方一路不停歇地奔流。

海上的獵人

自從進入「偉大的出海口」之後，太陽已在天空迴繞了三圈左右了。這一帶，有若干聚集著海豹及白海豚的小島，不愁找不著獵物。

連續兩個星期，我率領著同伴，到淺灘和出海口附近游泳，在鬆軟、傾斜的海底覓食，填飽肚子。

不久，出海口颳起了風，浮冰群又漂回來了。像現在這種時候，就沒辦法打獵。不只是不能打獵而已，再過不久，出海口就會整個被冰封住。不過，到時只要我一聲令下，伙伴們就會鑽進狹窄的裂縫中，從互相傾軋的冰塊下面成功逃出去。

「跟著這些冰走吧！」為了提振伙伴們疲倦的精神，我下令道，「繞著四周行動，可以把雌海豹和雄海豹引到浮冰群旁邊來，然後輕易地捉到手。」

我們朝著天空高高凸起的背鰭，切碎了浪花。從旁觀者的角度看來，可以看見一個個黑色大三角形完整地聳立在海面上。妻子挨到我身旁來，一邊從噴氣孔裡噴出泡沫，一邊拿剛才那齣「逃脫記」喋喋不休地開玩笑。這就是我們逆戟鯨的生活方式。

「走！」

聽到我的聲音，伙伴們立刻過來集合。團團地打著圈，等待我的指令，響亮好聽的聲音，在波浪和流冰下方迴響著。我們一起浮上來，對著冷空氣，吐出彷彿白色羽毛一般的氣息。

我對著伙伴們唱歌。

「海豹海豹，聽聽這首歌。我們大伙兒要出動狙擊了……」

其他伙伴也出聲一起唱和。

「我們是敏捷的、我們是強壯的……」

「海豹海豹，仔細聽聽這首歌！」

最後，我為這首歌添上一筆。

我潛進海底深處，偵察週遭形勢，而後再一次浮上來，呼喚著同伴。

「首先，沿著流冰群旁邊行動，接著，朝太陽西沉的那個角落前進。」

伙伴們又開始合唱。

「不可思議的光芒閃動，到海上去、到海上去……」

妻子很討厭這首歌。因為這首歌裡唯一表達的東西，就是在晦暗閉塞的冬之海裡、幽閉的堅冰之下，喘不過氣而死去的恐懼。妻子氣憤地轉身背對我，迅速舉起前鰭，向前游去。她獨自一個人脫了隊，口中唱出了較陽剛的歌曲：

來唱歌吧！可愛的白海豚先生小姐
有時昂揚、有時沉寂
來吟唱那甜美的曲調吧！
馬上就要出發了唷……

戲弄我們似的唱罷一曲後，妻子又故意表演滑稽的動作讓我們看。她諷刺我們驚慌失措的身影，就像愚笨的白海豚一個勁兒地往淺灘裡鑽。那逗趣的模樣，惹的大伙兒一同捧腹大笑。我甩著尾鰭打水花，示意同伴安靜下來。

「太陽再繞四圈之後，就可以往移動中的海豹群所走的路線前進了，那些傢伙的行動是很迅速的，因為牠們會像海豚那樣翻身跳躍。快，出動！千萬不能鬆懈了！」

隨著我號令一下，伙伴們整齊劃一地翻過身子，六個背鰭一起切碎了浪濤。其中最突出的一個，不用說，就是我。圍繞著浮冰群四周悠閒地游泳時，我看見冰上出現了很奇妙的動物身影。

「過來了唷！我來看看……」

「到底是什麼呢？」妻子問。

「是海豹吧！」年紀還很小的公逆戟鯨這樣講。

「不，太小了啦！那是隻鳥。」牠的母親反駁道。

「是不是企鵝？」

我們對妻子的疑問斥為無稽，並嗤之以鼻。這一帶不可能會有企鵝。既然知道還開什麼玩笑！

我們靠近浮冰的旁邊，抬起頭來睜大眼睛看。然而，再怎麼用力張望，都沒辦法辨認出來。那所謂的「兩隻動物」，是我們未曾見過的東西。伙伴們興奮地騷動起來。我從水中浮起身子，心想一定要捉到海豹。確實，倘若這龐大的身軀一躍，猛然降落在冰上，會讓那些躲起來的海豹驚慌失措地逃竄，不過等那些傢伙逃進海裡，事先堵在那裡的同伴，就能將牠們一舉擒來。說不定，那兩個傢伙和海豹是同一掛的。

「其實，」年輕的公逆戟鯨同伴說，「大獵物雖然可以填飽肚子，但還是小獵物口感比較好呢！」

「而且，獵捕的時候也比較好玩。」

另一隻公的同伴也附和道。

為了看得更清楚一些，我把尾鰭伸上水面反轉，使力把前鰭放到冰上去。就算是我最自傲的傳感器，若是不在水中，也無用武之地。我就保持著這個姿勢，凝視著那隻動物。

多麼不體面的傢伙呀！小的那一隻，只用三根瘦巴巴的鰭支撐著身體而已。仔細打量牠的模樣，看來是絕不可能有翅膀的。要真是那樣，這傢伙不就不可能飛上天了？大的那一隻，同樣是以相似的細長的鰭，作為身體的支撐物，不過牠有四根，比小的多一根。

那小隻的傢伙驚聲尖叫，快速從我旁邊躲開，一下子就衝到了冰山頂上去，那是海豹那類的動物們難以望其項背的身手。大隻的卻發出較為低沉、淒厲的嚎叫，與小的持反方向，朝我這邊靠近。

我趕緊回到水裡，那兩個傢伙是什麼動物，我也說不準。

「牠們揚言要把我捉去生吞活剝唷！」

我的玩笑話，同伴們都信以為真。

我再次浮出水面，這回發現那傢伙居然有五根鰭。大的那一隻，後面多了一根又長又細瘦、像針一樣尖銳的鰭，正在左右擺動。那動作豈不是跟魚一模一樣嗎？我懷疑牠就像魚一樣擅長游泳！我想起不知何時從遙遠的彼岸聽來的那一首歌。為了驗證那個記憶，我連續三次把身體放到冰上，凝視著大的那傢伙的眼睛。不出所料是一雙黃色的眼瞳。我終於知道那傢伙是誰了。

「那是陸地上的生物。何以出現在此？真是令人不解。不過，不要對牠們出手。」

「不能吃嗎？」年輕的公逆戟鯨問。

「不知道。但我們是不會吃那種東西的。走吧，要出發了唷！」

我揚起尾鰭使勁拍打著浪濤，游到前頭去。從海底深處傳來的回音，使耳朵非常舒坦。現在，已經沒有威脅我們的東西了。不過，將來的路還長得很呢！

大恐慌！

逆戟鯨尖銳的聲音在冰底下響起。是出來找獵物的吧！我和孩子一直躲在兩個流冰之間的小洞穴旁邊，不敢出來。我的孩子雖然年紀還小，但已經斷奶了。我們講話的聲音要是被那些傢伙聽到，可就糟了，所以我交代孩子要輕聲細語！真的，如果那些黑白相間的傢伙靠過來的話，豈不就完了？

還好冰塊咕嚕咕嚕滾動的聲音，剛好把我的聲音給壓住。

「不要出聲，乖乖待在這裡喔！」我家的孩子似乎知道敵人的可怕，非常安靜地躲在洞穴旁邊。雖然那傢伙的聲音聽起來已經遠去了，但也有可能是暫時故意不出聲，靜悄悄地埋伏著，準備下手。已經過了好久，牠該不會真的這樣做？我深深吸一口氣，潛進海裡探察情況，然後又迅速回到兒子身邊。

「來，深呼吸。已經沒事了，潛到冰下去吧！」

我們吸足了氣，跳進海中。我們海豹的心臟，能在水裡不急不徐地規律拍動。

因此不需太費勁，這滑溜的銀色身體就能優雅地翻轉。我們就那樣持續不斷地游了好久，再從冰上的裂縫中浮出水面。那個時候，太陽已射出光芒。

「現在我們到淺灘上去吧！到那塊突出海面的岩石旁邊。」

「淺灘？」

兒子看起來歡天喜地。此時此刻，牠膨膨鬆鬆的白色毛髮已經掉光了，身子一直胖起來，不過實際上，想法還是跟個小孩子一樣。

「淺灘是個好地方唷！」

我們親子兩人一起游著泳，能平安無事地逃過逆戟鯨，是最先要感到慶幸的事。

漂上岸來

那是在太陽公公繞行第十五圈的時候，我們搭乘流冰，一路被載送到北方。同時有好幾塊相同的流冰，單獨在海面上漂流。我們順著冰急速的流勢站穩腳步，一直待在同一塊冰上。

不過即使如此，流冰群依然會有循著某種拍子變換方向，陷入混雜的情形發生。當我們察覺時，已經不知不覺處在流冰群的正中央了——那是嘎啦嘎啦向上擠壓著的、大片冰原的正中央。

太陽公公融化了冰雪，弄得四處都積著水。那些水雖然帶有一點鹹味，不過看起來卻十分好喝。那裡還有海豹唷！此外，也見得到海鷗和野鴨、海鳩，以及燕鷗的身影。

偶爾，還會有六頭身體黑白相間、龐大而恐怖生物游著泳靠過來，我們知道牠們是要像海豹一樣，從水裡抬起頭來深呼吸。因此，我們的頭頂上才捲起了如此激

烈的波濤！

才剛剛聽到「咻！」的一聲，那些傢伙們呼的氣，已經吹到我們這兒來了。雖然頭只有抬起來一遍，但是足以顯示牠們是一群擁有銳利獠牙的動物。體型跟海豹很相似，不過要遠遠大得多了！又長又彎曲的牙齒從上顎明目張膽地露出來……，看見那樣一大群聚集在一起，至今仍不免會想，牠們會不會群起過來攻擊，吞掉我們呢？不過到最後，那群安靜的傢伙，默默地從我們身旁經過了。咭—！明明勢力如此龐大，居然連一隻也捉不到！

儘管如此，這裡卻有著飲用水，而我們也因為吃很多，紮紮實實地胖了起來，恢復了元氣。況且，我們也早已適應了餓肚子的艱辛。因此，庫魯卡和我安穩地在冰上睡覺，一直等著流冰在某處著陸。

再過沒多久，就可以看見海岸了。高大的山脈戴著白色雪帽，呈鋸齒狀地相連在一起，宛如長著尖銳獠牙的下顎。沿著連接懸崖和險峻岩山的海岸線走，可以看見許多的島，以及好幾座帶著綠意的冰山，露出大大的臉來。

公王絨鴨快樂的歌聲又傳過來。此外還能聽見水鴨唱的牧歌，以及秋沙鴨和海鳩的叫聲。

我們搭乘的流冰加快了速度，順著沖到岸邊的潮水，用力地滑過去。陡峭的海

岸上，可以看得見角目鳥、海鳩和海鷗的巢。因為鳥糞的關係，灰色的岩石全都被染白了。流冰一再撞擊著崖壁，每撞一下，我們就好像要掉進危險的大海中。

看著單手邊的懸崖，一連通過了好幾個島。地衣和青苔、雜草覆蓋著突出海面的堅硬岩山。風勢又強又寒冷，而且還有著流速驚人的潮水。來到淺灘上，透過清澈的海水，可以見到冰下的世界。長長的綠色海草，在潮水的壓力下彎著身子；潮水從山崖上，以相當洶湧的流勢沖刷下來，那打雷似的聲響，讓我竦然一驚。因為這塊土地，截至目前為止，放眼望去都空空如也。

我們乘坐的浮冰漂流著，像要穿越崖上的瀑布和小島之間。眼看越來越接近島，水也漸漸變淺。終於……。

啪啦啪啦！砰！嘎啦嘎啦！浮冰摩擦著海底，弄得我們眼冒金星、暈眩不已。就在我們回過神來，發覺浮冰撞上了島時，冰塊已經在島的正中央了，而且就這樣停在那裡！

「是島！」我大叫著，往濕答答又滑不溜丟的冰塊頂端跑，勇敢地跳到岸上去。庫魯卡也一起跳了過來。

咭——！岩石和泥土的觸感真令人懷念，我高興地蹦蹦跳跳。但是，當我懷抱著喜悅，爬上被地衣植物覆蓋著的岩塊時，快樂的心情立刻就煙消雲散了，因為奇怪的氣味正隨著風飄過來。那是我從未聞過的，非常令人厭惡的氣味。庫魯卡停下腳步，一張開鼻子嗅，身體立刻緊繃起來。

「危險的氣味！」

這點雖然我也明白，但卻猜不出究竟是什麼氣味。唯一知道的，這裡有很多全身被毛髮包覆的巨大野獸。由於鼻端嗅到的恐怖氣味傳進體內，我渾身顫抖。我將耳朵貼在腦後，觀察著四周。我的眼、耳、鼻、軀幹都不住地發抖。這個島上，並沒有旅鼠和小鳥的蹤跡。似乎也不見田鼠、野兔和野鴨……，只聞得到一波波龐然大物的體味。我跑到流冰著陸的海岸邊，不管怎樣睜大眼睛看，都找不到一尾笠子魚！

庫魯卡從喉嚨深處發出低吼，爬到覆蓋著短草皮的小島最高點上，脖子和肩膀上長長的毛髮直豎，看起來相當恐怖！我戰戰兢兢地跟在庫魯卡身後，因為一離開牠身邊就會感到害怕。

島的另一側出現了體型相當龐大的野獸，而且數量非常多（作者尼可註：這裡所說的「數量非常多」，是指十隻以上，一百隻以下。依照我個人的經驗推測，這種時候，少說也會出現四、五十隻），圈成半圓形圍住我們。牠們的長相跟狼一模一樣，但腳沒那麼長，體格不像庫魯卡那麼好，個性也是；毛色各式各樣，既有黑、白、咖啡色相間的、灰色的，也有好幾種顏色摻雜在一起的。

像是領袖的那隻公野獸，在隊伍的正中央坐鎮。渾身都是戰鬥所留下的傷痕，兩隻耳朵都破碎得厲害，像這樣醜陋、性格看起來又壞的傢伙，我從沒見過。只有牠自己顯得肥肥胖胖，其他的同伙都瘦到皮包骨了。因為正處於飢荒時期，不僅每一隻都掉光了毛，全身還沾滿了糞便。我快要窒息了！牠們大聲吼叫著，但到底說些什麼，我完全聽不懂。

毛色黑白錯雜、耳朵破碎的那個領袖頭頭，一個箭步上前來。

「咕嚕嚕——！有膽量就幹一架，我們會用鮮血祭拜你們的！」

對方聲音粗嘎沙啞，聽起來很吃力。庫魯卡竟聽得懂對方的話，實在讓我嚇了一大跳。庫魯卡的寒毛因為那個頭頭的話，比之前豎得更直更高了。

「我是庫魯卡……大伙兒的領袖！骯髒鬼別靠過來，屎蛋！（作者註：與這個部分對應的北極話表現方式相當厲害。要按照克隆所說的直譯，實在非常難，所以硬是用『屎蛋』這個詞來表示。不用說，克隆本身是使用『寶貝』這種反諷的講法，而非字面上寫出來的『屎蛋』）」

當時，一隻年輕的公野獸出其不意地衝過來撞庫魯卡的側腹。大概是想要爭奪領袖的寶座，急著搶功勞吧！那傢伙一定是想，要是自己先起個頭撲過去，其他的夥伴也會立刻跟進，群起攻擊我們吧？如果順利地制服了狼，更能贏得勇者、勝利者的美名。然而，那傢伙得到的卻是自己尖銳的哀嚎。庫魯卡一個輕巧的翻身，反過來扭住那傢伙的頸子，再順勢一帶……，剎那間，年輕公野獸的脖子就斷掉了。接著，就像我捉旅鼠時那樣，庫魯卡把公野獸的身子拎起來甩了兩圈，然後放掉奄奄一息的牠。那傢伙趴在地上，身子抽搐著。庫魯卡露出獠牙，用黃色的眼珠子瞪視剩下的野獸同黨。

「竟然想殺我庫魯卡？！」

庫魯卡用腳踩住公野獸的屍體，嚎叫了一聲，嚇退其他的同伙。這種眼神，我從未在庫魯卡身上見過。向其他野獸挑釁、找牠們打架這種事，我們狐狸是學不來的。不過，我想和庫魯卡同生共死。

一下了這個決心，我就趕快站到庫魯卡的右邊，稍稍退到牠身後一點點的地方去，使出吃奶的力氣出聲威嚇那群野獸（因為我只有三隻腳，所以不太有勁）。

那個屎蛋頭頭，看了看隊伍中的每個同伴，而那些傢伙，則比較著牠們的領袖和狼。這樣看來，好像只有一對一的戰鬥最恰當了。

牠們開始攻擊對方的時間點非常微妙，我實在無法估算。不過，當時好像有什麼聲音傳了過來。那是非常古老的語言，似乎比庫魯卡和我、或者其他與我們交手的動物所使用的北極話，還要來得古老。

說出那種語言的是庫魯卡。牠從喉嚨深處低低吼出聲，那傢伙也跟著一齊咆哮回來。到底說了些什麼我不是很清楚，總之，意思好像是要殺了我。我也不甘示弱地罵回去，拼命地張牙舞爪。

「我也跟你打，克隆，也加入戰鬥……和我的好兄弟攜手奮戰……」

庫魯卡看了我一眼，眼神中閃爍著溫柔的光芒。

「不行，克隆你退到後面！交給庫魯卡來解決。克隆，回到冰上去，安安靜靜地等！」

照那種口吻看來，狼和那些屎蛋傢伙，似乎打從以前就有什麼深仇大恨。

然而，我也是把尊嚴看得很重的。而且，怎麼可以拋下重要的朋友，自顧自的逃走呢？於是我又使勁吼叫，威嚇敵人。

「不！克隆也要加入戰局！」

「走吧！克隆！」

庫魯卡口氣非常嚴厲，我因而慌了起來。牠還突然很過分地咬住我肩膀，讓我不知不覺痛得尖聲哀嚎。

「克隆！快走！」

身心俱創的我，沿著剛剛走來的路上跑回去。我倆會因為爭吵就打贏對方嗎？

即使其中一隻撲過來，雖然我只有三隻腳，但還算得上是一隻敏捷的狐狸呀！只要縱身一跳，就能反過來咬住對方的臉頰。我明明鬥志十足，庫魯卡卻咬住對方的咽喉，並且迫不及待把我趕走。

　敵人又痛又害怕，不斷哀嚎，還張開嘴亮出喉嚨。那是狼族舉白旗時的暗號。庫魯卡撲坐在那傢伙身上。我一路往冰上跑，中間只有回過頭來一次，我那位重要的朋友，正被那群惡黨團團圍住。

　我的胸口因為恐懼和悲傷而疼痛欲裂。庫魯卡居然一腳將我踢開。難道是認為我這傢伙，是個連共同奮戰的勇氣都沒有的膽小鬼嗎？

　我獨自一個坐在流冰上等待，兩隻北極烏鴉在我頭頂上盤旋。那些傢伙會出現，表示一定又有誰死了。

兒子的旅行見聞

嘎——！這塊土地上發生的事，我幾乎都瞭若指掌。事實上，這是因為伙伴們之間，都會流傳著各式各樣的話題。那個一直站得直挺挺的，沒什麼規矩的傢伙，是我從前的熟朋友貓頭鷹。由於牠的緣故，之前那隻狼在某個島上橫行霸道的事會傳到我耳裡，也就不算是什麼稀奇的事了。

唉呀，聽說繼承我血源的兒子，也曾經見過那個傢伙。

雖然還稱牠為「兒子」什麼的，但實際上，牠現在已經離開我身邊，築了自己的巢，完全可以獨當一面了。即使仍不能跟牠的父親我相提並論，不過已是一個貨真價實的男子漢。

我兒子的巢雖然蓋在遙遠的北方盡頭，但是每回，在我往北旅行，而我兒子向南走的旅途中，我們總會不經意在天空中相遇。

那種時候，我通常會先出個聲跟牠打招呼。

「嘎——！兒子呀，你那邊的糧食還充足嗎？」

「嘎——！老爸，吃的東西不用擔心，祝您旅途愉快！」

之後，我們會盡情地玩著在我兒子獨立築巢前，我教牠玩的古老遊戲，或者說好先到附近去棲息、稍事休憩一下。偶爾，我們也會討論起人生是怎麼回事之類的話題。

「老爸，前些日子，我看到有人打架唷！真是不得了的景象啊！」

「嘎——！打架？是用鳥嘴啄來啄去、又拖又拉嗎？是誰贏了？誰和誰打架？你有沒有搶到剩下的一點點殘渣呢？」

「不，嘎——！不是鳥唷！但是，真的是很有趣的一場戰鬥。總而言之，是一隻三腳狐狸加上一匹狼。那兩個傢伙被流冰載走，漂流到島上去……」

我嚇得跌倒，差一點就要跳起來。就像剛剛孵化出來的雛鳥一樣，我胸口那一帶，被「好奇心」這種蟲子叮咬著。

「你說三隻腳的狐狸？還有狼？趕快把你看到的告訴我……」

於是，牠娓娓道出。

島上的群毆混戰

我的名字叫做「貢卡」，是老烏鴉貢的兒子。我親眼目睹的，是一場殘酷的殺戮。我和我老婆一直在旁邊眼巴巴地等待，看看能不能分到一點點屍塊和殘渣，不過到頭來是白費工夫。

誠然，嘎—！那座小島上幾乎沒半點可吃的。非但如此，居然滿坑滿谷都是野狗。提起那些傢伙，牠們大概真的餓到前胸貼後背，所以看起來一副飢不擇食的樣子。唉呀，那樣說來，也難怪那些逃過一劫的魚兒們，再也不敢回來了。沒辦法，我們也只能眼睜睜看著這種事發生。之前，有兩隻腳的東西搭著船（作者尼可註：原文是「浮在水面上，中間有個大洞的東西」，這裡直接把它置換成「船」來表現）來到這裡，在島的盡頭堆滿了像山一樣高的生肉和魚類這些好吃東西。實際上是見者有份吧？不過那些傢伙卻為了搶奪食物，打得死去活來。

那次的架也是打得非常厲害，不過，現在要講的，是這回的見聞。首先，就從三腳狐狸說起好了，還要加上狼，牠確確實實四條腿俱全。

另一邊出場的是野狗群，到底一共幾隻腳，一下子沒辦法數清楚。牠們在島的正中央排好陣仗，好幾條尾巴交錯混雜……。

嘎——！簡單說來，一跟那群野狗扯上關係，就會灰飛湮滅。因此，我想我們也無法瓜分到那隻狐狸來吃。不過，當我看見那隻美味的三腳仔逃到浮冰上去的時候，實在是非常驚訝。

野狗們雖然團團圍住狼，但每一隻都只是虛張聲勢。狼害怕了起來，已經沒有剛開始那種直接撲上去的膽量了。

嘎——！不，正確來說這是第二回合（第一回合，早就上演過肉搏戰了，那明快的一擊，真不愧是狼！）。

我爸爸貢向來這麼說：所謂的領袖，就是要在這種時刻一馬當先伸出嘴喙來，才配當領袖。那隻黑白斑紋的狗，看起來很強壯，膽子又大。但是那傢伙很丟臉。牠看準時機打頭陣，估計手下們應該會跟進。牠的戰術就是大伙兒一個勁撲過去衝撞，同時咬住狼的

貓
酒窖裡的
勇士
The cellar's
Warrior
Cat
日本暢銷百萬冊，
蘇格蘭威士忌酒窖，貓與人合作的冒險故事——
YouTube
酒窖裡的貓勇士

Stamp

前腳、側腹、尾巴和肚子。這樣一來，對手就算想反擊，也能立即拖住牠，如果可以的話，就趁勢將牠徹底打死。狗兒們實在是很卑鄙的傢伙呀！

然而當時，那群野狗伙伴卻膽怯起來。這是因為那隻黑白斑紋狗陷入苦戰的緣故。

雖然牠的聲音聽起來算是夠勇敢了，但在我們耳裡卻顯得愚蠢至極（那傢伙跟我們這些聰明的北極烏鴉真是大不相同啊！）。那傢伙吼了一聲，正對著那匹狼猛衝過去。唉呀，真是氣勢驚人！那是沒有一隻狗製造得出來的氣勢。確實，嘎—！那傢伙的對手如果也是條狗，那麼牠一定可以輕鬆獲勝。

不過，這些被當家犬一樣養大的伙伴並不曉得，對我們野生動物而言，自己要吃的食物，是必須自己爭取的。狼，並非為了爭奪在群體中的地位而戰，牠是為生存而戰。牠殺獵物，然後撕裂其軀體，吃那東西的肉以延續生命。相反地，那些愚蠢的野狗，已經吃慣了處理得乾乾淨淨的肉類，終究不是狼的對手。因此，所謂單挑，根本是行不通的事！

實際上很明顯，那匹狼才是贏家。就在迅雷不及掩耳之間，那隻黑白斑紋的野狗已經身受重傷，躺在地上奄奄一息了。這時，和黑白斑紋角逐頭目寶座的野狗同伴，可逮到了機會。牠們憤恨地群起攻擊那傢伙，一眨眼就斷了牠最後一口氣，將牠五馬分屍。

那隻狼一發出低沉威赫的咆哮，現場很快就成了血肉橫飛的人間煉獄。然後，牠將尾巴甩上來，從容沉穩地走過小島，跳上先前所乘坐的浮冰。不久前，那塊浮冰靠著滿漲的潮水幫助，漂流到這兒來著陸，停靠在那裡。

在上面等待著的狐狸見牠回來雀躍不已。這兩個傢伙，就彷彿在同一個巢穴中出生的兄弟一樣。

正好漲潮了，浮冰開始移動起來。兩隻同伴就這樣離開了島上。

之後那個島，仍然繼續著殘暴的爭鬥。直到決定新的領袖為止，大約死了五、六隻伙伴，而打了敗仗的野狗，全被嗑個精光。這一次的領導者是一隻比黑白斑紋更加年輕、長相非常醜陋的傢伙。牠的毛髮全灰，只有尾巴前端和頭頂是黑色的。脖子周圍那一圈蓬鬆的毛特別厚，所以任憑其他的狗再怎麼使勁全力從喉嚨伸出牙齒，也咬不到牠的肉。

新的領袖是一個殘酷冷血的傢伙。身為局外人的我們一看就明白了，因為那隻狗的眼珠子是黃色的。

力戰野狗

那群野狗的惡臭真是讓人不敢領教！就好像在屎坑裡打過滾一樣。不僅如此，牠們說起話來，也是既低級又含糊不清。但是，那些傢伙似乎倒是明白我是什麼來歷。牠們不過是為了湊人數而集結在一起的烏合之眾。我們狼族血統純正，牠們那一群則全是雜種。由於知道自己的血曾被污染過，並且覺悟到無法跟我們平起平坐，所以那幫傢伙非常憎恨我們。而我們這邊也不甘示弱，相當歧視牠們。

「來這邊做啥？」

看起來像是老大的野狗這樣質問我。

「讓開！別想把這裡當自己地盤，你們這幫傢伙連一隻獵物也捉不到。」

我們狼跟人下戰帖，是非常注重風度的。對手當中那些愛拍馬屁的傢伙，為了討好老大，出聲替牠幫腔、造勢。而且這樣做，牠們自己也似乎可以振奮起來。

「滾！滾！閃邊去……」

「我是狼，族人的領袖，人人聞之喪膽的馴鹿殺手。我名叫庫魯卡，只是偶然路過此地，並沒有打算要霸占這裡。」

如果對手是狼的話，應該會盡量避免短兵相接吧！但是，這一幫笨頭笨腦的小子，似乎是聽不懂我所說的話。看來是免不了一場腥風血雨了。

然而寡不敵眾，就算是我庫魯卡也沒什麼把握。恐怕，我將會親眼目睹可憐的克隆被活活打死。

儘管情勢危急，不過那隻小狐狸真的很特別，牠並不打算逃走。倘若牠逃跑的話，現場一定會陷入混亂地追逐中。但是，那小子並沒有那樣做，反而站到我身邊來，就好像是要庇護我被雷鳥攻擊留下的舊傷口一樣。

「我也要加入戰局！」

那小子高聲說道。我雖然很想讚美牠的勇氣，不過牠也實在太輕敵了。我們說不定能打傷一、兩隻野狗，但是豈能忽視牠們一開戰，就會將對手五馬分屍的殘忍手段？

就在那時，有一隻下三濫的年輕公狗，卑鄙地衝過來撞我的側腹。說起來，牠那樣積極地耍心機，是想當眾人的頭頭吧？牠那樣搶著出頭，讓自己老大的面子完全掛不住。

在克隆驚慌的尖叫聲中，我開始和那傢伙交手，並就此展開攻擊。那隻公狗三兩下就被我揍得死期將至。不知死活的狼的對手，總是一股腦往地獄裡鑽。

我還打死了老大和牠的妻子。不中用的野狗一隻，要解決牠輕而易舉。事實上，要一對一單挑，像這種野狗，根本就不是狼的對手。

我拿那傢伙來血祭，並對牠的手下挑撥離間。

「喂，看那邊！那隻懦弱沒用的狗崽子就是你們尊敬的老大唷！到底誰才有資格當真正的老大？站出來讓我看看！」

出自狼族口中的挑撥話語，往那些傢伙的心頭重重揮出一拳，畢竟，牠們原本就跟我們狼出自同一血源。我還曾聽過牠們為了保留狼族的基因，特意挑選生殖能力旺盛的母狗與狼混血的事。這都是因為想孕育強壯、優秀的小狗啊！

「那邊那個臭傢伙！聽到我叫你了嗎？我要和你決鬥！」

這是一場一對一的戰局。其他的同伴要是出手相助，即使我傷得再怎麼嚴重，那傢伙的統馭力也會大大受損。那傢伙稍微瞟了瞟左右，周圍的狗兒們，叫得比之前更加激動了。

「去吧！去吧！跟牠決鬥……」

看來這位領袖似乎沒有可以依賴的親信。母狗們看起來也是打從心底瞧不起

牠。我把尾巴甩得高高的，不把牠當一回事。

「臭死人的渾蛋！你連屎也吃吧？或者吃了屎的是你老娘？可想而知，你喝的奶水裡一定也有尿臊味。這種低能的傢伙，我最害怕了。怎麼了？一直那樣垂著尾巴？完全嚇破膽了吧！來，撲過來啊！」

這樣被當作白痴看待，似乎不閉上嘴巴也不行了。那傢伙像得了狂犬病一樣口吐白沫，語帶威嚇地咆哮著，用身體撞過來。我雖然還能承受牠咬我後頸的毛或肩胛的皮，但那傢伙一用牙齒啃下去，我就立刻伸出前腳，把牠絆倒。這是因為我無法忍受別人咬我的肉或骨頭。那傢伙一失去平衡，我就迅速翻身到下面去，咬住牠的喉頭，把牠的聲帶咬碎。

到了這種地步，那傢伙還不認輸。這回，牠衝過來咬我的前腳腳跟。可想而知，那真是痛得不得了。那傢伙臥倒在地，用後腳胡亂地踢我肚子，前腳則使勁地抓我。雖然牠實在是抵抗得非常拼命，不過對我而言，就好像被蚊子叮一樣。趁著我手下留情的時候，那傢伙應該識相地認輸才對。或許我是有力量打傷一、兩隻野狗，但每回戰鬥一開始，我的心中就只有嫌惡，所以我決定喊停，讓一切到此為止。這次我按住對方討人厭的前腳，毫不心軟地奮力咬牠咽喉。

我鬆開嘴，放掉牠的身體，那傢伙雖已瀕死，但到死都不曾哭著求饒。我低吼一聲，然後用大家都能聽得清清楚楚的音量，開口說話。

「我庫魯卡，才是老大！還有誰要上前來單挑的？」

沒人敢出來。那些傢伙錯過了一湧而上的時機，已經無計可施了。令我生氣的是牠們的貪嘴，竟然群起攻擊那隻奄奄一息的黑白斑紋同伴。而且，將從前的老大五馬分屍，一起瓜分掉還不夠，這次連我剛開始時殺死的那個傢伙也想吃。

後來，那些傢伙彼此咬來咬去，拉拉扯扯、互相咆哮，打起了群架。

我離開現場，置之不理。雖然還有兩、三隻打算撲過來，但都只是虛張聲勢，心裡害怕得不敢越雷池一步。就那樣，我回到了有克隆守候著的浮冰上。那傢伙哼哼唧唧地邊用鼻子說著話，邊為我舔舐頸子和肩膀上的傷口。我在純淨的白雪上滾來滾去，想要藉著這個動作，抹去那座腐臭之島的氣味。

「可憐的傢伙們，那一大群野狗……」

等我回過神來，發現自己口中喃喃說著狼族的語言，難怪一個字也聽不懂的克隆，那樣呆呆地望著我。

發牢騷

那些先生不在這裡。那些帶肉來給我們吃的先生。

啊！那些先生強壯而無所畏懼，他們的聲音、背影都教我心悅臣服。我們狗兒們，全都很敬畏先生們，每當他們手中的工具發出「砰！」的聲響，我們就會樂翻天，只要被那東西稍微敲到一下，便會痛得抱頭。

不過，先生們已經離開了。如果不是這樣，那匹狼肯定一下子就完蛋。

我，溫拿・金馬可，是統御十四名部屬的領袖。

我們為帶肉來的那些先生們拉雪橇。一直以來，都與他們一起追逐著馴鹿、海豹和北極熊。為了他們，我們曾與巨大的北極熊搏鬥過。大致的方法是我們將北極熊追到死角，當牠忍不住掂起後腳時，先生們就用手中的工具「砰！」、「鏘！」，一把打死牠。

真是美好的年代呀！所向無敵的我們，當時是如此快樂。

然而現在，我們卻淪落到為飢荒所苦，還必須跟別人搶食物的地步。唉，那些先生們已經不知去向了！

發生那件事時，天空中萬里無雲、強風呼呼地吹，地上的積雪都完全融化了。那些先生們雖然有帶魚過來給我們吃，但只有魚，是填不飽肚子的，大部分的狗兒仍然處在飢餓狀態。

我們咬斷了身上的鎖，順手就啃。看到乾巴巴的海象皮也啃，發現浮在水面上的獸皮艇也啃，因為上面載著許多海豹皮，以及成捆的馴鹿肌腱。但是，那些先生卻因此生氣地將我們痛扁一頓。

附近的狗兒們——跟我們不同伙的，非常殘暴且不服輸。其中有一隻，竟然攻擊先生們年幼的孩子，咬死了那在牠面前滾動身體、嚎啕大哭的小東西！我們這群狗從來不曾對先生們的小孩露出一顆牙齒！然而這令人措手不及的事件，讓先生們怪罪起全部的狗兒。不少同伴因而被殺，骨肉分離。而飢餓的我們，也有吃到那些肉。咀嚼時知道口中的食物是伙伴的肉，不禁也打起了冷顫，害怕下一回就會輪到自己。

不久我們越過海洋，就此被放逐到這個島上來。一開始因為獲得自由而開心得不得了，成天快樂地追捕旅鼠。終於，連最後一隻旅鼠也吃掉了，我們餓得發慌，

跑到海濱的岩石上來回踱步，不得已吃起難以入口的魚來。魚刺扎進口腔、梗住喉嚨，痛得我們受不了。而飽滿的腰腹和背部也慢慢凹了下去，我們日漸消瘦。

又過了一陣子，另一群同伴也被帶來這個島，同樣是遭到流放。此後，島上開始了永無止盡的浴血之戰。起先，大伙兒是為了領導者寶座，竟日展開爭奪；其後，這裡完全變成了一個弱肉強食的世界。

攜帶肉類來餵我們的那些先生，之後還曾渡海來過兩次，把魚類及海象、海豹肉堆得跟山一樣高，擺在那兒給我們吃。這時起的戰爭也相當殘酷。食物一下子就被掃光了，只有強者才有資格填飽肚子。

剛剛走過去的是那匹狼，那傢伙殺了之前的領導者。後來，歷經了好幾回合血腥殺戮的我，最後站上了眾人的頂端，成為群體之首。之後，為了保住王位，更不得不繼續打鬥下去。其實我早已厭倦這種生活了，無奈即使渾身是傷，也別無選擇，只能繼續戰鬥而已。

天氣又變冷了，我滿心期待著降雪的季節，希望早一點聽到那些先生們的聲音！早一點為了他們，拉著雪橇奔馳——肩膀揹著沉甸甸的東西，一邊聽著風聲呼嘯、雪橇摩擦地面，一邊不斷地往前跑。再加上那「砰！」「鏘！」的聲響，啊⋯⋯，多麼令人懷念的聲音哪！

不過，有件事情令我非常困擾。每當夜幕低垂，皎潔的明月昇到天空中時，我們不論男女，都會忍不住對著空上吠。

感到腹中有某種不知名的東西在蠢動，我不斷地吠，拼了命地狂吠。這時候，附近的同伴也會圍過來附和，跟著一起大聲吠。大家都朝著夜空，不住地吠叫……。似乎從我們的遠祖那一代開始，狗兒們就會這麼做了。這實在很令人傷腦筋。

夜晚一到就會作夢。在夢裡，我在雪地上馳騁，自由如風。不需要揹雪橇，也不會氣喘吁吁地吐著舌頭。那針扎般的刺痛也消失了。接著，上千頭的北美馴鹿出現了，宛如蜿蜒流經大地的河川，隨著褐色、灰色及銀色的波濤起伏前進。我追過去，將牠們絆倒拖走，大快朵頤地吃著血淋淋的生鹿肉。

提起這個，就想到那匹可惡的狼！那傢伙拂袖離去之前，還不忘向我挑釁。可恨的是，我一見到牠那雙黃色的眼睛，就不禁膽怯起來。直到現在，那對眼瞳還會不時出現在我夢裡，讓我感到苦惱不已。

一直以來，我就像現在這樣一邊發著牢騷，一邊咀嚼著記憶中那令人懷念的肉味，全心等待著那些先生們的到來。

月亮又升起來了，又到了熱血沸騰的時刻。

美麗的土地

我們到了一個非常漂亮的地方，彷彿走入夢境中一般。

這個時節，夜晚又回歸大地了，雖然還是相當短暫的夜晚，但太陽在天空中每繞行一圈，黑夜便會隨之逐漸加長。

不過，入夜之後，天色也並非全黑。彩色的光芒佈滿了夜空，絢爛非凡。亮綠色的光輝用令人眼花撩亂的速度旋轉著，在天空中跳起了激昂的七彩舞。淡淡的光芒宛如微風輕拂，輕輕搖動、擴散著，拂去了夜空中一縷縷的灰色，看起來好似一條在地平線上流淌著的光之河。而此時此刻星星格外耀眼，在天上綻放著凜凜的光芒。

我們所搭乘的浮冰不知撞上了什麼，又漂流到一個陌生的地方。

酣睡中的我一睜開眼睛，就聽到了水聲。而且是清澈的流水！

「喂，庫魯卡，起床了！」

庫魯卡因為挨餓而非常虛弱，已經連續好幾天，都兀自用狼族的語言，咕咕噥噥地自言自語了。

「喂，庫魯卡，快過來嘛！」

我從浮冰上頭跳到淺灘裡去，並用腳板啪啦啪啦地打著銀色的水花。水花的光輝，如同好幾千顆星星聚在一起發光那般燦爛。我舔一舔水，雖然有點鹹鹹的，不過這確實是如假包換的純水呀！

我站起身來，水差不多淹到肚子這麼高，不算很深。我喊著在浮冰上酣睡的庫魯卡。庫魯卡大概又夢見自己像風一樣地奔跑了吧？所以四隻腳，才這麼激烈地揮舞著。

庫魯卡睜開眼睛，抬頭仰望在夜空中流淌著的輝光。

「我死了嗎？」庫魯卡夢囈似的喃喃問著。我又叫了一聲。

我伸腳把水踩得濺起來，這時，有個亮晶晶的東西掠過。起先，不知道那是什麼的我，只能愣在那裡，傻傻地望著，而且因為被天上灑下來的星光干擾，一直看不清楚。不過，等我動了動身體靠過去仔細一瞧……，竟有「啪嚓！啪嚓」的水聲傳出來。是魚兒！是的！錯不了，有魚耶！

我的體內霎時湧出一股精力，於是我將目光緊揪，一步一步靠過去。可不是

嗎？圓滾滾的、胖胖的母紅點鮭，就在那兒！紅點鮭在河底的小砂礫上歇息，還讓背鰭露出水面來。每當牠的尾鰭擺動一下，銀色的身體就閃閃發亮。

就是牠！我撲向紅點鮭，一口咬住牠的頭，然後銜著不停彈跳的牠上到岸邊。過程中，肥美的紅點鮭拼命地亂翻亂滾。

咕──！重死人了。

一上岸，我就快速放下紅點鮭，並且再一次出聲叫庫魯卡。

「庫魯卡，快過來唷！有獵物，是魚兒耶！」

這幾句話，讓庫魯卡恢復了生氣。牠起身走到浮冰的邊緣來，往水裡看。波光粼粼的河面映照著夜空，同時掠過許多暗影。庫魯卡搖起了尾巴。我似乎聽見了牠流口水的聲音。庫魯卡決定出擊，喃喃低咒幾聲，縱身躍下淺灘。

好大的水花！沒多久，庫魯卡就叼著一隻紅點鮭上岸來，比我捉到的還大。

咭哩──！那隻紅點鮭真是美味無比！不過，我們都覺得第一個晚上不用吃太多。已經很長一段時間沒好好地吃東西，我們的胃袋都縮小了。如今只要稍微正常進食，便會宛如復活一般。我感覺紅點鮭的活力就這樣擴散到全身。而且，離開又濕又冷的浮冰，到柔軟、溫暖的紅色越橘葉上睡覺，感覺好舒服。

當旭日東昇，我們立刻發覺自己身在小小的出海口上，淺灘就在旁邊。河水清

澈到可以看見水面下的小砂礫，更能清楚地發現橘色肚子的魚兒，在其中自由自在地悠游。

這樣的話，要捉魚就太簡單了。我們一隻接著一隻捉上來吃，發現牠們的腹中都裝滿了紅銅色的魚卵。

上游傳來雷鳥嘶啞的鳴聲，已經完全恢復元氣的我，決定過去刺探一下，看看是什麼狀況。

「庫魯卡，要一起來嗎？」

「嗯。」庫魯卡咕噥道，慢慢地站起來。

只要稍微逆流而上，就會來到河川被崩落的岩塊攔住的地方。看樣子這塊大石頭，是堵住了打算到上游的湖泊裡產卵的紅點鮭的路。雖然這對捧著大肚子卻無路可走的紅點鮭來說可能是壞消息，對我們而言，卻是天上掉下來的禮物。

這麼多雷鳥聚在一起，都是因為越橘樹結滿了果實的關係。對嗷嗷待哺的幼鳥來說，這裡好歹是個能讓羽毛順利長出來的合適場所。那樣一來，我們要捉捕雷鳥似乎也不是難事。不過，我們都因為肚子太撐，實在跑不動，所以就眼睜睜看著牠們逃走了。話說回來，我和庫魯卡倒是摘了些越橘果實。在植物當中，也有像越橘這種帶著藥性的果子。

河谷裡，成群的雪地黃道眉、極地黃道眉、白頸鶴、領巾蘆葦鷸等鳥類，正進行著大合唱，因為又到了該出發去旅行的季節了。小鴨子們飛到湖畔跳起舞來，又蹦又跳，模樣看起來非常快樂。這是夏天的鳥兒特有的興奮心情嗎？在我還是小狐狸的時候，總是會想，那些鳥兒們究竟是要飛到什麼樣的地方去呢？然而現在，已經沒有悠哉悠哉思考那種事的閒情逸致了。

對我們而言，現在肯定是一年裡最棒的季節。每種動物都體態飽滿、活力十足。因為大家孩子都生得多，所以也用不著擔心沒獵物可捉。母親們雖然會擺出奮勇抵抗的架勢，但我們只要一出手，通常都能輕而易舉地捉住牠們的孩子。

最開心的莫過於夜晚一到，天氣變冷，蚊子也跟著消失了。老早就在儲備過冬的我們，身上的毛髮也開始探出頭來了。強韌、光滑的長毛，以及夾雜其中、膨膨鬆鬆的軟毛，都一起長了出來。暖和的毛皮大衣做好了！接下來，是盡情打獵、隨意吃喝的時期，是決定能不能在這塊土地上平安過冬的重要時期！

長時間搭乘浮冰四處漂流之後，我和庫魯卡兩個，著實消瘦不少。這樣的身體是無法熬過一整個冬天的，無論如何，都得想辦法胖起來才可以！

庫魯卡沿著湖畔漫步，小小的波浪淘洗著湖岸。夜晚，岸邊結出了冰晶，形成漂亮的裝飾花邊，可惜，朝陽一升起，冰飾就立刻融化了。

庫魯卡彷彿想用頭部摩擦地面似的，匍匐著身子，來來回回嗅著氣味。突然間，牠大吃一驚，迅速起身，抬頭仰望山崖。我循著牠的視線跟著向上望，映入眼簾的是彎彎曲曲的的小溪流和小型瀑布。流水在崖邊繞出一小塊青草地。上面有各種顏色的苔類植物、搖曳生姿的細柳條，以及小紅莓之類的東西。庫魯卡收回目光，微風正輕輕搔著綿菅草的綿帽子。多麼悠閒的景緻呀！我在這首優美的生命之詩中深呼吸，感覺自己正身處在一段美好的時光中。

我靠近庫魯卡，牠的身體因為興奮而忍不住顫動起來，眼裡似乎再也容不下別的事物。

「有馴鹿……」

庫魯卡終於擠出這句話來。

那句話話音未落，庫魯卡已經飛奔而去了，牠以迅疾如風的身手，志在必得地前往追趕。我跟著牠全力衝刺，咭——！真的是拼了命地追。但是，庫魯卡體型很大，又有四條腿。而我很快就筋疲力盡……，更糟的是我肚子又餓扁了！

也許我可以沿著腳印前進……，一想到這個，我就開始嗅味道。雖然氣味非常微弱，但確實有馴鹿群殘留的體味存在。不過，連我也猜得到，馴鹿群已經離開很久，去得遠遠的了。

我一路追著庫魯卡，沿路經過了許許多多的湖泊和草原，美食的味道不斷地搔動我的鼻子——是野兔、雷鳥、旅鼠和黃鼠，還有各色種類的雛鳥。然而，我竟然只能抱著空空的肚子，默默地從這些大餐中間通過。

雖然庫魯卡不在，我真的感到寂寞，不過牠一定會再回到我身邊來的。想到這個，我又加快動作，尋找馴鹿的腳印。

什麼嘛！追馴鹿又不是狐狸的工作。

講狼族語的狐狸

我是一個夜行者。總是把背脊伸得直挺挺的，在黑夜裡睜亮眼睛。由於覺悟到自己年紀已經大了，不願意跟不相干的事情扯上關係，所以總是保持著緘默，兀自振翅劃過半空，進行不為人知的狩獵和覓食。我並不崇尚什麼華麗的演出。不過，任何事情都瞞不過我……至少我自己是這麼認為，連一件，都逃不過我的眼睛。

我一如往常，到這塊岩石上棲息，宛如石雕般一動也不動，悄悄地鼓起膨膨的奶油色翅膀，張開我的大眼睛，察看下面的動靜。

那邊來了一隻狐狸。當然，狐狸這種動物我早就看膩了，也曾經吃過一、兩隻幼小的狐狸。無論如何，有狐狸在的日子，總是吵得令人煩躁。牠們很愛嘰哩呱啦亂叫，就算只是捉到一隻獵物，也會高興得跳上跳下、吵吵鬧鬧，是一群相當礙眼的傢伙。

狐狸老像要折騰我似的，「咻—咻—」快速靠近，突然伸出腳爪來抓住我、拉過去……這是牠們的拿手好戲。啊！吵到我不得安寧。簡直是超級麻煩精！所以我一看到狐狸，就很想要趕快閃開。由於那些傢伙已經開始在附近徘徊，因此現在，旅鼠和黃鼠大部分都躲回自己的巢裡去了。

啊～，既然如此，呼—，只有回家睡覺去囉！我這樣思忖著。

就在這時，我發現那隻狐狸只有三條腿。好怪的傢伙！狐狸這種動物，一般來說都有四條腿（說起來，這有點不太對勁……腳沒有兩隻以上是不行的！）

我偷看著那隻三腳狐狸捕捉野兔。那傢伙俯瞰著河谷，把獵物抱上來，不知開口喊著什麼。好像是在叫著別人的名字。仔細一聽，似乎是「庫魯朵」或「庫魯堡」……。還真是個不可思議的傢伙呀！所謂的「庫魯」，不就是古代狼族語的字首嗎？想要從狐狸口中辨認出這種話，還非得要像我這樣長壽才行。何況講話的還是隻三腳狐狸！

之後，這狐狸又重複喊了好幾次同樣的名字，同時用北極話講著「肉」這個字。似乎是在呼喚著誰。接著，我被嚇了一大跳——那隻狐狸，居然像狼一樣嚎叫起來！剛開始聽起來簡直跟狼一模一樣，後來，聲音變得太尖銳，咭咭咭地分岔開來了。

「啊嗚……嗚……咭—！」

我不禁啞然失笑。

之後，狐狸豎起耳朵，站在原地很久很久。然而，傳來的只有風聲和小溪潺潺的流水聲罷了。那些聲音中還夾雜著一些窸窸窣窣的聲響——那是笨頭笨腦（不過很好吃）的黃鼠，從巢穴裡探出頭來亂叫的聲音。

不管怎樣說，牠真是一隻特別的狐狸！

等到冬天來臨，為了在死亡之前留下快樂的回憶，我要到稍微遠一點的地方，和老朋友貢見面。那傢伙雖然脾氣很拗，不過實在是一隻有趣的烏鴉。貢一定非常樂於跟我一起討論「講狼族語的狐狸之於語言學的意義」這個話題。說不定這是種可逆的反向輸入原裡……，譬如說，吃了太多狐狸的狼，也順道吸收了狐狸話。事實上，我也有過類似的經驗。吃了太多的旅鼠之後，不住地打嗝，而每打一次嗝，旅鼠的味道就會溢出來，而到最後，甚至連那「呃、呃、呃」的聲音，也落得跟旅鼠的叫聲很相似。不過，回頭來講講那隻狐狸……，牠竟然想要學狼講話！這件事著實有趣。這麼有趣的事情，我還是第一次遇到呢！呼——！

追捕馴鹿

這塊新發現的土地美得不可思議。草地和岩縫之間，有許多獵物正在騷動著。雖然都是些小東西，但我和那小鬼，還是拼命拿來填飽肚子。

太陽一下山，氣溫馬上降低，越到深夜，越是酷寒。我才剛剛丟下克隆，爬到這個谷地來，就感覺到長久的黑暗要來臨了。此時此刻，我一定是在北方的山坡上徘徊。

一進入高地，茂密的北極垂柳便消失得無影無蹤，剩下的只有地衣和青苔。在我眼前擴展開來的，是巨大的銀白色山脊，那比起我至今為止所見過的山嶺和山脈，都還要來得巨大。

我一個勁兒地往前走，漸漸抵達覆蓋大地的冰原底下。放眼望去，山谷整個被看起來相當厚的冰塊包住。我不知所措，好一會兒，都凝視著無邊無際的冰斜面。但是一路上，還見得到馴鹿在新降的雪上所留下的足跡。於是，我踏上冰原，開始

攀登山嶺。

細小的流水刮削冰塊，刻鏤出溝渠和洞穴，但是夜晚一到，流水又會開始結冰，把那些深深的裂縫，變成不見底的大開口。這是一個非常寒冷、危險的地帶，不過，馴鹿們卻知道該走那些地方比較好，所以，跟著那些傢伙的腳印走準沒錯。

我持續走了三天三夜，闃暗的夜空中，有微弱的光河閃動，為我照亮去路。形狀像魚嘴巴的月亮，也散發著淡淡的黃色光芒引領我。

第三天的夜晚，我沿著直直前進的冰道，開始下山坡。黎明前，大多數時候都走在突出的岩塊上，後來，由地衣和青苔長成的草皮浮現眼前，我才終於走進了深谷中。

我往下一看，發現山谷和海岸邊的平原相連在一起。好美的景色！山崖邊有著好幾個小小的湖泊與瀑布；柔軟的地衣植物密密麻麻地生長著——那是馴鹿最愛的東西，我們狼也非常喜歡在上面翻滾。馴鹿的氣味越來越濃了，不過，這味道和之前獵捕到的那些，好像有點不一樣。此時我方才領悟到，這是一個小隊伍，與我從前在移動中的龐大族群中追逐的傢伙不同。

那種幸福的日子，已經回不來了。

我繼續往前走。終於見到馴鹿身影的那一刻，高興到心臟都要從胸口跳出來了。是一群數目剛剛好跟我三隻腳腳趾頭加起來相同的小隊（作者尼可註：要是由貢來估測數量，則會非常麻煩，因為動物們各自有各自的計算標準。這回的情況，以我們的計算方式，擁有五根腳趾頭的庫魯卡所見到的馴鹿數量，應該有十五頭吧？），馴鹿們在小小的湖泊四周，悠閒地吃著草。那是一座由高地冰原上流淌下來的水灌注而成的小湖。

然而，我是單槍匹馬。只有一匹狼，想要打獵並不容易，非得小心翼翼、努力不被發現不可。我在心裡仔細盤算著如何捕捉獵物，又擔心會打草驚蛇。我們狼只要繃緊神經，一定有辦法捉到馴鹿，但是過程絕非是輕而易舉的，因此，我們十分講究同心協力。找到了一個目標，就輪流地追逐，等待著那傢伙束手就擒。唉，這次可怎麼辦才好？

夜間風向改變，那些傢伙把自己的頭塞進山谷中，而我在從下方吹上來的風中前進，高高翹著尾巴，觀察牠們的模樣。那一群馴鹿當中，並沒有身體虛弱或生病的傢伙。看來，只有找小鬼下手了，殺掉比較年輕的那三頭馴鹿，似乎是個不錯的選擇。這群馴鹿的毛是銀白色的，體型比之前獵捕到的馴鹿還要小一圈。明明是在非常陡峭的地方，慣於在草地上行走的牠們，還是能腳步穩健的奔跑，著實相當厲害。我絞盡腦汁地思考著，到底該如何靠一己之力捕捉獵物呢？

入夜後，我換了位置。從廣大的冰原上吹下來的冷風，讓我躲到隊伍背後的下風處去。那些傢伙們似乎也決定了今夜落腳的地方，紛紛伏下身子來。雲朵遮蔽天空，夜已經全黑了。我全身只剩神經繃得緊緊的，接著便迷迷糊糊地打起盹來了。

驀地，我嗅到了不太尋常的氣息。有陌生的動物！霎時，我頸子上的毛髮直豎，睡意全消。是的！我，庫魯卡，被盯上了。至今為止，沒有人敢對我張牙舞爪，除了那隻將我的伙伴折磨至死的雷鳥。僅僅只有牠而已。我並不感到害怕，只是，痛苦悲傷的回憶，卻從已經癒合的傷口中，一股腦湧現出來。

我試著不發出聲音，搬動自己的身體。現在敵人正站在下風處。我想盡辦法擠到下風處，以確認敵人的身分。是狼獾吧？倘若真的是，我得稍微和對方交手，下下馬威才行。話雖如此，要是一出手，肯定要打到將對方送上西天才有辦法罷休。

我靜悄悄地將身子滑進巨大的岩石背後。忽然聽到耳邊響起非常微弱的聲音。那一瞬間，我的心跳幾乎要停止了。

低低的咆哮聲從我的頭頂上飄下來。

「為什麼要到這兒來？準備到我的地盤上撒野嗎？」

是狼！我一見到牠奇異的動作，就知道此時若是言詞一個不恰當，對方就會撲過來。於是我極為小心地應對。

「我絲毫沒有到人家地盤上撒野的意思。抱歉，似乎看漏了這兒有您的腳印。」

對方笑出聲來。

「才用不著特地留什麼腳印，我已經有很長一段時間，都不曾在勢力範圍內註記了。你是越過那片寬敞的冰原，來到這裡的嗎？」

「是的，我是為了追馴鹿才到這兒來的。」

「你預備一個人打獵嗎？」

「對。」

那匹狼從岩石上走下來。雖然禮貌性地保持著距離，但為了記住我的體味，仍然站在下風處。由於天色昏暗，無論如何，我僅能獲知對方的體

型非常大、身體是白色的而已。牠似乎已經有相當的年紀了。

那傢伙好像看穿了我的心思，發出令人毛骨悚然的吼聲。

「庫魯——！喂，路過的！別輕舉妄動！我烏古拉·薩·霍瓦特，老雖老矣，不過還沒衰弱呢！這是塊殘酷的土地，但是，是我的地盤。在這裡，你是個不請自來的客人，照理說，我們是不得不戰鬥一番的。要是那樣，保證會沒完沒了唷！」

「我原本是一個團體的統帥。但是，妻子和伙伴都被殺了，只剩下我獨自存活在這世上。我絕不是會撇下同伴不管的貪生怕死之輩。現在，雖然沒有想要忤逆長輩的意思，但也不至於夾著尾巴逃走。我並沒有打算要在您的地盤上撒野，但無論如何，請允許我在這裡追捕馴鹿。」

白狼沉默了一會兒，大概是在思索著如何答覆我吧！我們狼群，並不會做無謂的戰鬥。之所以賭上性命，多半是為了登上領導者寶座，或是搶奪心中屬意的母狼。而這裡既沒有團體，也沒有母狼。沒有一丁點不得不打仗的理由。

不過話雖如此，不屬於任何團體的一匹狼，畢竟會讓人覺得來意不明。

「我並沒有要侵犯您領土的意思。」我重申道，「證據就是我連一個記號也沒做。我的名字叫庫魯卡，因為長期都在旅行，肚子餓得咕嚕咕嚕叫。」

白狼又笑了。

「什麼？肚子餓了嗎？捉捉野兔和黃鼠怎麼樣？到石頭下去找找看，那裡還可以找得到旅鼠唷！雷鳥的雛鳥也不錯……，吃點狐狸怎麼樣？」

「我一直都吃小型獵物。不過，我的名字也和狼族的威名相連，馴鹿的血肉才是我生命的根源。若是沒吃馴鹿，身子就會虛脫，到最後淪落為沒用的廢物，變得跟野狗沒有兩樣。」

白狼倒抽了一口氣。

「馴鹿啊？你說的沒錯。在這兒稍等一下，哪裡都別去。等到太陽升起，我還打算再跟你談一次話。現在，你可以安心的睡覺了。我烏古拉沒有理由攻擊自己的同類。」

在東昇的旭日融化了黏在我毛上的冰霜時，我完全清醒過來，開始等待著烏古拉的到來。總算現身的烏古拉體型比我還大，擁有和克隆一模一樣的短耳朵。斑駁的舊傷痕敘述著牠在大大小小的戰役中死裡逃生的故事。一看就知道是個強者。烏古拉擋在我的面前。

「很好，你確實擁有著馴鹿追逐者的眼神。但是，你並非來自北方，而是從遙遠的南方過來，這又是怎麼一回事呢？」

我雖然想盡量將被雷鳥襲擊以來發生的事情，簡單說出來，但似乎不太能完全表達出來……而且，我刻意省略了有關小小伙伴克隆的部分。

我話一說完，白狼就嘟嘟噥噥地說起話來。

「多麼不可思議的冒險啊！我明白了。你可以在這兒一直待到降雪的日子。不過，一到開始積雪，小型獵物銳減的時候，就要麻煩你離開。如果不願意走，那麼就請與我戰鬥吧！這個地方並沒有足以讓兩匹狼一起過冬的獵物。」

烏古拉站起來，向下俯視吃著草的馴鹿群。

「兩匹狼無法組成一個隊伍。不過，我非常了解這塊土地，而你年輕力壯，擁有相當快的腳程，不如和我一起打獵吧！」

「非常榮幸！」

烏古拉突然凌厲地瞪了我一眼。

「要打獵，就非得選出一個領導者不可。」

我雖然暗自氣憤，但還是忍下來了。

「這裡是您的地盤。」

這個回答似乎很受用，烏古拉的口氣緩和了許多。

「說得好！因此，你的任務如下：首先，回到冰原的邊緣地帶去，沿著山脊進入小河的對岸，聽到我嚎叫，就從馴鹿群的旁邊跳進來，把那些傢伙追趕到河岸的

這一邊。接著稍微往左手邊走，就會發現另一個河谷，那是和平原相連的河谷。但是，在這個河谷中行走，會被瀑布和斷崖擋住去路。也因為那裡相當狹窄，馴鹿一旦闖進去，就無法輕易逃出來。那些年長的馴鹿明白這一點。我先到那裡繞繞，控制住局面。然後，你把馴鹿群趕到那裡來，接著我們一起追捕牠們，千萬不要給那群傢伙在河谷中留連的餘地。要是那樣，形勢就會顛倒，會被牠們給逃掉！如果我們能一股作氣、強勢攻擊，馴鹿們就會陷入恐慌，整隊著慌起來。大概還會有馴鹿嚇得從山崖上掉下來！這樣，你懂了嗎？」

雖然是很強橫無禮的發言，但沒有什麼理由敵得過烏古拉的命令，所以我甩了甩尾巴，以示明白，隨即向廣大冰原的盡頭奔去。

抵達目的地的時候，我已然上氣不接下氣。現在，我站在馴鹿群的正上方了。從這裡可以看得見綠色、黃色及紅色草原的中間，有著一滴一滴的銀色小點。我在那些傢伙們視線所不及的地方彎下身子，垂著舌頭，哈哈地喘著氣。

不到一會兒，那匹老狼的嚎叫聲響徹山谷。那聲音的主人是誰，馴鹿們似乎也知道。只見牠們一起停下吃著東西的嘴，抬起頭來。孩子們躲進母親的懷中，領袖看起來似乎很不安，不斷用前腳在地面上亂劃。我從山脊的暗處現身，遠遠地回應烏古拉的嚎叫。

「啊嗚…………！」

果不其然！那些傢伙慌亂地四處逃竄起來。

我從一塊岩石跳到另一塊岩石上，屏住氣在陡峭的斜坡上奔跑。馴鹿們驚慌失措，忙亂地衝進山谷中。隊伍橫越小河，由一隻公馴鹿帶頭，突然之間來了個左轉彎，果真打算逃到對面的山谷去。

再過一會兒，牠們就要進入山谷了！烏古拉不會來不及吧？我不知道會不會衝得太快？如果抓不準時間點，馴鹿們是會就此逃到沿岸的平原上去的。我每走一步，憂慮的念頭就在腦海裡千迴百轉。忽然間，有個白色的影子從岩石暗處跳出來，張嘴咬住帶頭那隻公馴鹿的咽喉。公馴鹿奮力搖晃，激烈地把頭甩到右邊，掂起後腳站立起來，懸空的前腳則拼命亂踢。

我也全力奔馳……，命中目標！獵物入手！完成了一道菜！不過，那傢伙依然倔強地抵抗，用力甩動頭上像刺一樣尖銳的犄角。烏古拉仍是寶刀未老，一個翻身，馬上將矛頭指向別隻鹿，完全是在對方渾然不知的狀況下，殺了個措手不及。但是，眼看情況如此，有一半的馴鹿開始撤退回原地。

接下來，該我出場了。

我露出獠牙，又是低咒、又是咬動牙齒，開始追趕起馴鹿群來。馴鹿們完全亂了方寸。現在唯一敢和我們面對面的，似乎只有那隻帶頭的公馴鹿。雖然有兩、三頭母馴鹿，以及兩隻幼鹿挨到那傢伙的身邊，但是剩下的伙伴，彷彿一心只想從我們手中逃出去，一直拼命地往山谷的狹窄處鑽。擋在牠們面前的，是讓流下來的小河，化成瀑布的斷崖。烏古拉給了我接下來的指令。

「我們接力！你先走！跑到右邊去！」

我是第一棒。我一靠過去，馴鹿們就亂成一團，鬧哄哄地開始暴走起來，體型雖小，動作卻非常靈活！我這邊先呼嘯一聲，正擔心著要是突然減速，心臟會不會破裂的瞬間，老白狼就秀出了牠俊美的長腿。

烏古拉以迅雷不及掩耳的速度從我身邊掠過，從對面奔過來追那群馴鹿。

我把腳放鬆，一邊調整呼吸，一邊等待著合作伙伴打暗號。烏古拉要是累了，就再交換。

我們一步步把獵物逼到懸崖邊，馴鹿們無路可退，只能在原地打轉。牠們在濕答答的岩石上踩腳，用蹄子製造出「啪擦！啪擦！」的聲音。

決定性的一擊來臨了！那些傢伙恐慌過度，完全不知如何應變。太好了，最好就保持著這種狀態！我淋漓盡致地發出陽剛的嚎叫聲。

「庫魯嚕嚕……………！給我抓！」

伴隨著吼聲，烏古拉衝進馴鹿群中。馴鹿們已經六神無主，不知道自己在做些什麼了，有的跳到左邊去，有的跳到右邊來，其中三隻的腳不慎打滑，滾下了山崖，下面還傳來牠們的身體撞上岩塊所發出的悶響。烏克拉老早就捉了一頭小鬼，我雖然也不服輸地咬住一頭，不過卻被牠的犄角頂開，摔到岩石上去。

我胸口疼痛。那是狠狠奔跑、戰鬥過後，撞上岩塊所形成的淤青，和被犄角刺中的傷口在發疼。我感到疼痛一口氣襲來，令我頭暈目眩、眼冒金星。我使盡全力重新站好，又準備再度前往追趕馴鹿群。

「站住！」

烏古拉喊道，並且把身體壓坐在喉嚨正噴著血的幼鹿身上。

「追到也是浪費。三頭難道還不夠嗎？這傢伙是我的獵物。你連一根手指頭都別想碰。不過，爬上這個斜坡，會發現我開的路。沿著那條路走，應該可以走到懸崖底下去。到那裡去等馴鹿們的屍體吧！好，快去！挑一頭你看得順眼的，盡情地享用。待會烏雲散去，我也會跟著下去的。烏鴉們要是靠近，就把牠們給趕走。」

烏古拉的眼底浮現奇異的光芒。

「應該不用擔心狐狸們過來打攪。那些傢伙怕我烏古拉怕得要死，一步也不敢踩進我的地盤。好，去吧！你很想不受任何人干擾，悠閒地細細品嚐美食吧？」

我一轉身，烏古拉嘶啞的聲音立刻隨後而至。

「實在是很不錯的一次打獵吧？年輕人！很優秀的腳力。」

我到懸崖下一看，發現那三頭馴鹿已經氣絕身亡。其中一頭雖然摔進瀑潭裡面，但仍不能輕言放棄。我繃緊肚子，像是刺進水裡那樣，投身進入冰冷的河水中，把馴鹿拖出來。當時我整個身子凍僵，已是筋疲力盡，再加上全身又濕淋淋的，實在很不舒服。

我顫動著身子，把水珠甩掉，立刻取出獵物大嚼起來。啊──，果真是如假包換的馴鹿肉啊！

翌日，我飽餐後小睡了一下，醒來又打算再度進食之際，烏古拉下來了。那個老傢伙！兩隻眼睛裡似乎只看得見獵物。牠步履蹣跚地來到我身旁，隨意橫躺下來，嗅著我的體味。

「庫魯卡……！好多了呀！剛碰面的時候，你滿身都是狐臭味。一直到靠近看，我都還懷疑你是不是狐狸呢！難不成你前些日子吃過狐狸全餐，以致於連骨帶肉、徹頭徹尾變成狐狸了嗎？無論如何，沒有什麼勝得過血淋淋的馴鹿肉了，你說是嗎？」

我，無言以對。

哈克雁的啟程

我睜開眼睛。由於肚子被黃鼠肉塞得飽飽的，我睡了一個好長好長的覺。醒來往時湖面一看，發現對岸都被雪染白了。我站起身來，再一次仔細地眺望。

「好奇怪哪！對面明明積著雪，這邊卻連一點點雪花也沒有！」

我一直凝視著對岸。

「一定是哪裡不對勁！奇怪……，那邊的雪居然在動！」

覆蓋著對岸的白雪，正在微微地蠢動著。而且，怎麼會連水面上也漂著雪塊？

我想我一定還在作夢。不過，我的腦袋瓜漸漸清晰了起來，由於意識到鳥叫聲，而確定自己是清醒的。嘰哩嘰哩、嗶—嗶—，聒噪的交談聲在山谷中迴盪。然而，抬頭仰望天空，卻不知為何連一隻飛鳥也見不到。我來回看看四周，仍然什麼都沒發現。於是，我試著嗅嗅看有無異味。從背上吹下來的風中，也沒有什麼不尋常的氣味。但是，就在此時，雪堆邊緣的雪，竟飛上了天空！

那不是雪！是雁！跟雪一樣顏色的雁。而且是只有在夢裡才會出現的，那樣多的雁。我彎下身子盯著牠們瞧。如果是愚笨的年輕狐狸，一定會立刻衝過去捉牠們吧！但是我心裡非常明白，若是那樣做，雁一定會全部振翅飛走。然後，那些傢伙還會嘰嘰叫，奚落我們。只要對方不是羽毛都還沒長齊的雛鳥，就算撲過去也是捉不到牠們的。而對岸那些傢伙，怎麼看都是擁有漂亮羽毛的成鳥哪！

我決定觀察一下牠們。於是，我待在這兒等天黑，預備到時悄悄地靠過去。順利的話，說不定可以捉到一、兩隻酣眠中的雁。白白胖胖的雁！嗯……，光用想的，口水都要流出來了。

那之後，我整日都一邊朦朦朧朧地打盹，一邊監視著那些雁。傲慢的旅鼠探出頭來，吱吱叫著。但是，現在我對那種東西已經不屑一顧。藍色的蝴蝶在我眼前翩翩飛舞。蝴蝶的季節也已經結束了。浮雲在頭頂上流動，與之輝映的，是掠過湖面的倒影。雁群一整天都坐立不安，似乎正為了什麼事情感到興奮。我心中充滿朝牠們撲過去的衝動，想看看牠們受到驚嚇，一起飛上天的模樣。那一定非常有意思吧！但是，我用舌頭舔舔嘴唇，對自己說：「忍耐！千萬要忍耐！媽媽不是常常說嗎？她說：『安安靜靜地等唷！慢慢的、一步一步來。這樣的話，在肚子餓得咕嚕咕嚕叫之前，一定可以捉到雁喔！』」

我謹遵母親的教誨，決定耐心等待。

天終於黑了。我開始有一點擔心，抬頭望了望天空。剛才還在的雲朵已經不知飄向何方了，取而代之的，是出現在遠遠的對面山頭上，那一道微弱的光。那光圈正一點一點地暈開來。

我緩緩移動起身子。每當雁的叫聲和振翅的聲響飄進耳裡，我的胃袋就跟著揪一下。美食當前啊！

淡綠色的光芒在頭頂上晃動，天邊還夾雜著藍色與紅色的光暈，那宛如擺動著鮮豔的尾鰭，在砂礫之間游泳的魚。光芒映照湖面，看起來就像從天而降的光魚，在冰冷的湖水中泅泳。

完全覆蓋住對岸土地的那群白雁，已開始互道著：「晚安！」、「祝好夢！」。但我總覺得牠們的模樣，看起來有一點心神不寧。我停下腳步，決定等牠們鎮靜下來。等天光更朦朧一些，再出動會比較好吧？此時，我剛好來到距離湖泊一半的地方。眾所週知，雁是非常小心謹慎的鳥，會輪流在沉睡的雁群周圍守更，睜大眼睛，注意週遭的情況。

於是我小心翼翼地採取著行動。藏身在小小的野草叢和畫眉菅叢中間，緊貼著地面前進。尾巴一動也不動。

可惜人算不如天算！我才剛察覺有激動的叫聲在山谷中迴響，雁群就一起飛上天了。簡直像是一整張野兔皮，在天空中捲起來一樣。黎明破曉時的天空，充斥著雁的叫聲，以及迎風撲翅的聲響。我忍不住朝著圍繞湖泊畫圓飛翔的雁群嚎叫。真是令人火大！居然連一隻也不剩地全飛上天去了！那群傢伙迅速在湖上迴旋了三次左右，然後聽從飛行隊長的指令開始整隊。跟著，一隻接一隻飛上高空，翻山越嶺，飛進山谷裡去。

「一一飛掉了呀……」

聽到有人說話，我吃了一驚，跳起來，反覆張望著四周。岩石上停了一隻貓頭鷹。在薄暮中挺直著背脊，一動也不動地一直盯著我瞧。

「大家都走了，往南方去了唷！」

「誰？」

我一時反應不過來，因為原本將要到手的獵物竟然逃脫了，正陷入無邊的沮喪中。然而，貓頭鷹卻當我是笨蛋似的看著我。

「雁群呀！我從剛剛就一直注意你了唷！而且我也早就知道，當天色破曉，伙伴們就會一同起飛，不過，我想搞不好你的運氣會不錯……，所以就繼續旁觀。唉，真不湊巧哪！」

貓頭鷹睜著圓滾滾的大眼睛，一直注視著我。

「你呀，還太瘦了。旅鼠之類的東西，要別挑食地盡量塞到胃裡比較好唷！差不多再過兩個星期，就什麼食物都找不到了。天氣將會漸漸變冷，到最後還會下雪。」

邊說這些話，貓頭鷹輕輕地拍動了兩次翅膀，往上飛起來。那傢伙大概也正在尋覓獵物吧！所以就那樣貼著地面飛走了。

我走到湖泊周圍，在那裡想破頭也找不出雁群大聲喧鬧的理由。夜間的湖泊非常寒冷，結出了幾乎能讓人在水面上行走的厚冰。透過透明的冰塊往下看，可以發現魚兒在游泳。不過，雁群不在這兒也沒用。我應該怎麼辦才好呢？這個問題得好好想想了。

我也非常想念朋友。庫魯卡到底跑到哪裡去了呢？不過，現在並不是傻傻想著這件事的時機。不上緊發條不行。倘若沒確實地在新生的冬毛下貯存脂肪，將熬不過這個冬天。好，出發去尋找獵物囉！

到南方去！

我們在空中分成了好幾個飛行中隊。排成一列，再張開成V字行。我們知道湖泊會結冰，所以打了一起出發的暗號。

我所隸屬的中隊，有著許多還相當年輕的雁。此次前去，路上有不少艱難險阻正在等待著我們。現在我只祈禱，整趟旅程中，不要有一隻雁兒脫隊。

「往南方飛去吧！」

我一邊用力張開翅膀，拍打著空氣，如此喊叫道。伙伴們的附和聲從背後傳來：「到南方去！到南方去！排好隊別散開！」

「起飛！」

位於我們眼睛下方的湖泊，此刻看來已經變成一個結冰的小小池塘了。我們的右手邊突然出現一座高高聳立的冰山，在山頂上展開的，是一片深藍色及灰色融合的天空。形狀像魚又像樹葉的雲朵，乘著風在那兒悠游。

我逐漸感覺到冉冉上升的風力。

「隊伍不要散開了！」

我對伙伴們下了指令，畫了一個弧，飛上青天。一邊替同伴們做前導，一邊檢查是否有年輕的雁落後。此時，還有其他飛行中的隊伍，夾在我們前後。

我向附近的隊伍搭話。

「祝您旅途愉快！」

「但願您能蒙受風的恩澤！」

「期待在有著大湖泊的小麥田裡，與您再會！」

「到南方的沼澤集合吧！」

「小心獵槍喔！」

「注意黃鼠狼和旅鼠！」

「狐狸也別輕忽唷！」

我們擁有強壯的羽翼，能在藍天中高高翱翔，漂亮地逆風而行。若不是那樣，我們也無法再度回到這個湖泊來，更無法築新巢，孕育可愛的雛鳥。

南方的土地上，有我們的敵人等待著——那些手裡拿著獵槍、身旁伴隨著獵犬，在池塘邊設下圈套，引誘雁群現身的小子。

但是，那種事瞞不過我們。那些傢伙設的陷阱在哪裡，我們都確確實實知曉。在我的中隊裡，沒有一個伙伴會接近那些圈套一步。我本人會負起責任，將同伴引領到安全的地方，例如安靜的沼澤邊，或是長滿美味的野草和菰（註：狀似芒草的草本植物）的地帶。然後，我們會朝著遼闊的小麥田飛去。無論敵人從何方靠近，我都會立刻察覺——是的，即使是像啟程的前一夜，鬼鬼祟祟接近我們的狐狸那般，忍耐力超強的對手。

霍—霍—！我一想起那傢伙，就忍不住捧腹大笑。

我將頭微微側向左邊，以穩定妻子心情的節奏，鼓動著翅膀。

「維持這個狀態，不要鬆懈下來！」

「快到南方了唷！」妻子回答。

「南方！」隨後飛至的年輕伙伴，也覆述著同一個字。不過，那傢伙還搞不清楚狀況。所謂的「南方」，是潛藏著多少危機呀！

「到南方去！到南方去！排好隊別散開！」

我一出聲，整個中隊都聽從我的號令，開始動作。擁抱著這份榮耀，我逆風翱翔的翅膀霎時充滿了力量。廣闊的海洋及大大小小的島嶼，在我眼睛下方擴展開來。我們已經抵達「偉大的出海口」。微弱的陽光，從我左手邊被冰晶遮蔽的地

方，照射過來。

以南方為目的地，飛翔！到南方去……到南方去。

麝牛的鬥陣

綠油油的青草季也宣告結束了，接下來要覓食就不容易了。不久，大地會陷入可怕的黑暗中，所有的一切終將被封鎖在堅硬的冰雪之下；狂風，叫要呼呼亂吹了。屆時，不伸出前腳，用蹄子使勁扒開雪，掘一些草出來吃，是不行的。全部的動物都會無聲地屏息，四周只能聽見風的呼嘯，以及大河的水流聲。不過，即使是那些聲響，也會因為被厚厚的冰塊封住，而顯得非常微弱。風，會捲起雪，迎面吹向我們的眼睛和鼻子。小牛將緊緊依偎在母親懷裡，伙伴們則肩靠著肩，挨在一起取暖，忍耐著過冬。

前不久，有人盯上我們這一群。母牛們大部分都相當警覺。

「啊，那傢伙來了，我看見那傢伙了！」

剛剛生下第一胎的母牛，淒厲地哀嚎起來。

「太可怕了！居然一直跟著我們！」

聽到她的叫聲，在隊伍周圍站衛兵的年輕公牛們，猛然抬起大大的頭來。蓬鬆柔軟的褐色冬毛在風中飄揚。我也露出臉，來回巡看著四周。這一塊小小的草坪，被挖得亂七八糟，翠綠的青草被啃過之後亂扔，到處都冒著糞便的熱氣。已經連一樣可以吃的東西都沒有了。

對面那一帶好像還殘留著一點點綠草。我哼哼鼻子，發出聲響，下令要同伴們全體起立，一起用力踩地奔跑，而待會兒一抵達那邊的草地，便馬上迴身向後轉。剛剛那匹狼果真追來了。但是，我們已經肩並著肩排成一列，低下頭，舉起了犄角。

狼一邊低咒著，一邊靠過來。我晃動了一下頭上的犄角，讓那傢伙見識見識，牠立刻就嚇得跳腳。即使我們的團隊中，包含了孱弱的傷者和病人；即使因為年幼的小牛太虛弱而無法順暢地行動，我們都絕對不會捨棄同伴、落荒而逃。我們一定會用頭上的犄角堅守陣營，直到最後一刻。

狼開始在我們周圍打轉。我再次哼哼鼻子，大家立刻排好了打鬥的陣勢。蘆葦飄在池畔跳來跳去。如此一來，狼再怎麼樣也不敢靠近我們了，現在，牠只是惡作劇似的，繞著鬥陣的四周奔跑。要是膽敢貿然靠過來，我們一定立刻伸出尖銳的犄角，一把刺進牠身體裡。堅守鬥陣可是很不容易的唷！我一定會守護同伴。連一隻也不會捨棄。

低下頭！舉起犄角來吧！

老狼的決策

我一直盯著那傢伙瞧。牠還很年輕，正當血氣方剛。從前我也曾見過不少跟牠一樣，對著麝牛挑釁的狼。不過，大家都為了獵捕馴鹿而離去了。其實，我烏古拉是不會仿效那種愚蠢行為的。那群麝牛也明白這一點。所以，即使我從牠們身旁走過，牠們也能若無其事地繼續吃草。只有那隻德高望重的老牛，眼珠子會咕嚕嚕地轉，斜斜地瞪視我。

依我看，要捕捉麝牛的話，首先要從背後繞過去，咬住牠們的側腹。然而，陷阱就在這裡。不管是狼還是狼獾，總是想也沒想的就往麝牛的屁股咬，以為只要像獵捕馴鹿那般，咬住對方的咽喉，就能獵到一頭未足歲的小牛。然而，正面迎敵的結果，往往是肚子被對方銳利的犄角所刺傷。唉！

說起來，繞到牠們背後這件事本身，並不容易。牠們全體並非站成筆直的一列，而是排成新月般的弧形，向敵人揮舞著犄角。我們若是想繞到背後去，牠們就

會立刻擺出鬥陣，嚴陣以待——把病人和老弱婦孺圍起來，造出銅牆鐵壁。敵人？一步也別想靠近！即使在只有兩頭牛的情況下，也會背靠著背，一起面對敵人。

年輕時候的我僅有一次，曾對生性殘忍粗暴的麝牛出手。乍見那頭衰老的牛，回憶湧上心頭。呀，這就是所謂不按牌理出牌的獵物啊！原先我想當做追捕馴鹿，把那些傢伙追到筋疲力盡、趕進死角，讓牠們無路可退，再一舉殲滅。然而事與願違，那些傢伙把屁股緊緊靠在大岩石上，等著我靠過去……。那個時候，那傢伙狠狠地咬了我的肋骨，留下的舊傷口直到現在，每當天氣一轉冷，就會隱隱作痛。

因此，我一次也沒嚐過麝牛的肉。恐怕終其一生，都不會明白麝牛的滋味了。不過，那才是強者的證明。我烏古拉，才是這塊土地上，最強壯、明理的狼。

庫魯——！狠狠地來回奔跑，那年輕人大概也筋疲力盡了吧！我差不多也該下去了，是時候了，非得和牠說清楚這裡是誰的地盤不可了！

一旦下起雪來，很快就會找不到獵物。因此，捉到的馴鹿數量越多越好，至少應該趁著野兔盛產的豐年，多囤積一點食糧……，這樣不為過吧？事實上，在追捕馴鹿的時候，那傢伙給了我大力的協助。問題是，重要的馴鹿為數不足，再加上那傢伙又是個粗線條的大胃王。

咕嚕嚕——！所以，我必須向那傢伙放話。牠應該會閉上嘴巴，自動離開吧？倘若牝生起氣來，我們就不得不決鬥了。即使可能會命喪黃泉，我也不願離開這裡。這兒是我的出生地。是我結婚生子，也是親生孩兒病死的場所。那是一種可怕的疾病，病人一見到水，就會發狂地跑來跑去（譯註：這種疾病俗稱「恐水症」，即是狂犬病）。這個病以被狐狸咬傷的傷口為起點，快速地蔓延開來。確實，被狐狸咬到以後不久，孩子們和妻子，就不住地在那一帶瘋狂奔跑，口吐白沫、互相啃咬。最後，甚至還對著我張牙舞爪！大家都死掉了。我烏古拉，在這塊土地上誕生的白狼，成了最後的生還者。

如今，那些都成了遙遠的回憶。遺憾的是，已經沒辦法說給那匹年輕的狼聽了。啊呀，真是可惜哪！要是能再和那匹狼一起追捕馴鹿，或是在月光下盡情聊聊過往，該是多麼快樂呀！朝著漆黑的天空放聲呼嚎時，有回應的同伴，又將感到何等欣慰呀！

咕嚕嚕——！然而，事與願違才是在這世上活著的常態。

再會

老狼和我打了一架。但是我想不是來真的吧？我們狼，只有在情非得已的時候，才會鬩牆交鋒。之所以發動戰爭，都是為了要爭奪領導者寶座，或是想迎娶同時看上的新娘。而且，倘若地盤上並未擁有相當的獵物，是不會起一點爭端的。至於我在這兒，就算費盡千辛萬苦，也頂多只能吃到一隻狐狸。

不過，烏古拉・薩・霍瓦特卻先挑起了戰爭。既然如此，我說什麼也不能夾著尾巴逃走。因而，我們戰鬥了一番。

打架當中，烏古拉用力咬了我的前腳兩口。我意識到的時候，以為骨頭應該不至於被咬碎，但事實卻不是如此。所以，我也反擊回去了，一把按住那傢伙的脖子，咬住牠的一隻耳朵，直到血噴出來才罷休。我們咆哮著、呼號著，大大地幹了一架。曾經有一群粗脖子、大腦袋，毛髮濃密的團隊——耗費了一個星期以上的時間，仍然不能成功捉拿我庫魯卡。那幫體型龐大的傢伙，最後甚至落得慌忙逃竄的下場。所以我要是認真起來，必定可以成功取下那匹老狼的性命。

但是，屆時我自己一定也會身負重傷，大概會嚴重到一條腿全然無法動彈的程度吧！再說，我又何必要殺害烏古拉呢？牠可是曾經與我合力捉捕馴鹿的伙伴呀！而且一直到降雪的季節來臨為止，牠都默許我在牠的勢力範圍內活動。即使這次來找我單挑，也絕非是因為憎恨我。是因為此地無法提供足夠讓我們倆一起過冬的獵物。要是太過感情用事，兩匹狼是會一起共赴黃泉的。烏古拉的決定並沒有錯。將那傢伙殺掉，才是蠻橫不講理的行為。

因此，我故意靠過去承受烏古拉的無影腳，當場倒地不起。而那傢伙立刻撲上來，一副要咬住我咽喉的樣子。但是，牠激烈的咆哮聲當中卻流露著哀傷。

最後烏古拉放了我，而我亦無言地離開現場。兀自佇立在冰山上的老狼，身影逐漸縮小。牠的一隻耳朵淌著血，毛髮因為風的吹襲而緊貼著身體，看起來就像在某個海濱，被夏天的早潮壓扁的海藻。

我只剩一條路可走，就是再一次跨越遼闊的冰原。要是當時，沒能幸運地逃出雷鳥的手掌心，所有事情都會到此為止了吧！

接下來的日子，我借助了潛藏在小鳥身體中的力量，而得以延續生命。在刺骨的猛烈暴風雪當中，身子被吹得忽左忽右的我，連續五天裡，都搖搖晃晃地不斷往

前走。

好不容易走到冰原對面那一帶的時候，我已經餓到神智不清了。此時此刻，無論什麼東西出現在眼前，我一定都會毫不猶豫地吞進肚子裡。就算那是——一隻狐狸！

然而這時，我的小小伙伴克隆，正好捉到了一隻北極兔。在我發現時還剩下一半左右。我迫不及待地脅迫克隆分我一點，然後一根毛髮也不留的，通通掃進胃裡！飽餐後的我被睡意襲擊，沉沉入眠。醒過來時，發現克隆正枕著我的前腳酣睡，暖意從小小的身體裡傳過來。藏身在大岩石背後的我們，周圍不知不覺積滿了風吹成的雪堆。

我嗅著克隆的體味。誠然如老狼所說，有著狐狸獨特的味道。但是，對我庫魯卡而言，那也是懷念老友的味道。

我低喃著，忽然咬住克隆的頭。

「克隆，怎麼這麼瘦呢？吃胖一點！庫魯卡要吃你！」

「咭——！」克隆哼哼鼻子，「庫魯卡，蹩腳的獵人！只捉得到睡覺中的狐狸！」

我放了克隆，那傢伙跑到雪堆最上頭，猛然跳下來咬了我的尾巴之後，又迅速地躲開。被逗弄的我也站起身，又開始互相追逐起來。我們就這樣子嬉鬧著，比從前玩得更開心。這時我才發覺，我是多麼想再度和這個小傢伙相聚啊！

我們玩累之後，便回到岩石的背後去，垂著舌頭，「蹦！」一聲，攤在地上。

「從現在開始，我們去打獵吧！」

因為這句話，克隆向我投以訝異的目光。

「這裡已經沒有半隻獵物了唷！冬天來臨之後，野兔、黃鼠和旅鼠，通通都不見了呀！大家都躲進深深的洞穴裡去了。我能捉的都捉完了啊！」

「那就去挖出來吧！」

「冬天的地表那麼堅硬，挖不動的啦！」

克隆說得沒錯，在大地陷入長久的黑暗之前，地表和湖泊、池塘一樣，都因冰凍而變得非常堅硬。到現在，大地有時候還會發出呻吟，傳來龜裂的聲音。

「不吃東西不行。」我說道。

克隆站起來，抖著身子，嗅著飄散在空氣中的味道。

「大海馬上就要開始結冰了，我們跟在『偉大的多拉加』身後吧！」

我一語不發。那是宛如神祇一樣的生物，只要追隨牠的腳印，就能沾到一點好處，吃到一大堆美食。搭乘浮冰漂流的期間，克隆時常像講述幻想中的故事一樣，大肆地談論著牠。而我雖然覺得這件事很有趣，並且會想：「那要是真的就太

棒了！」，不過，卻從頭到尾都不相信真有這種動物。絕對不可能有野獸會把好吃的東西，留給其他生物的。馴鹿和野兔、旅鼠等草食性動物，或許還能蒙受大地的恩澤，但是，不得不親手捕捉獵物這個事實，是我們肉食性動物的宿命。所以，不管是狼或者狐狸、黃鼠狼或者狼獾，這些天生被賦予銳利獠牙的傢伙們，全部都非得靠著打獵來覓食不可！

如果不吃草食性動物的肉，攝取牠們的精力化為自己的，我們將無以維生。只有去追捕拼命逃竄的野獸，才叫做狩獵。我如此說道，克隆卻瞪了我一眼。

「那烏鴉又怎麼說呢？」

我突然發出怒吼。

「烏鴉？那是專門撿我們狼吃剩的，髒兮兮的傢伙啊！」

現在這種沒東西吃的時候，還這麼想，我真是為自己的話感到慚愧！話雖如此，我就是無法喜歡烏鴉。不過，只要想到我庫魯卡曾經不只一次，靠著克隆留給我的食物活命，就覺得羞愧不已。

我們都無話可說，所以就都沉默地隨地躺下來。雪花被風吹過來，漸漸積成雪堆。現在，太陽露面的時間極為短暫。再過不久，就會連一下子都不出現了。屆時，我們的飢餓感只會一味地加深下去。接著，克隆站了起來。

「克隆要走了，要去追尋『偉大的多拉加』的足跡。」

說罷，也不回頭看我一下，那小傢伙就向雪地中走去了。但是，要追過去很簡單。如果是四隻腳的狐狸，腳印會排成一直線，至於哪個是克隆的腳印，想也知道，必定是一目瞭然。

我雖然搞不清楚「偉大的多拉加」究竟是什麼，不過始終不相信有這種生物存在但是，當時的我深深感覺到，自己除了繼續追隨這個小小友人之外，別無他法。

巨大的獵物

一般而言，現在這個季節是糧食欠缺的時期。不過，沒多久前，在「偉大出海口」那一帶的渡口和海浦地，卻流傳著意想不到的好消息。

「有好料的唷！有豐盛的食物被沖上岸來了啊！」

於是，我們勇敢地飛往和夏天的鳥兒們去的方向相反的地方。那可真是一段漫長的旅程哪！我和新娶到的老婆，帶著兩隻年紀最小的孩子，千辛萬苦地飛行了好久，才終於來到有大餐等待著我們的場所。

嘎──！正是如傳聞中所描述的「好料」呀！圓滾滾的肥美北極母長鬚鯨，被海潮打到岸邊來了。大概是遭到鯊魚襲擊而拚命脫逃的時候，被劇烈的浪濤推上來的吧！如今已肚腹朝下，氣絕多時。死因是肺臟被自己沉重的身體壓碎，無法呼吸而魂歸離恨天。

我飛到長鬚鯨的背上去，其他烏鴉們早就在上頭盤旋等吃了，於是，我很有禮貌地跟牠們打了個招呼。

「好肥美的食物呀，大伙兒！嘎—，好像吃不完似的豐盛美食哪！這真不愧是上天賜予的恩惠啊！你們說是不是呢？」

「嘎—！上天賜予的恩惠！歡迎歡迎，貢！快點來嚐嚐看吧！」

兒子們非常稀奇似的在長鬚鯨周圍飛來飛去。牠們似乎覺得那堆得像小山一樣高的肥肉、毛塊和骨頭，從哪裡開始啄都沒關係，所以到最後惹火了其他看不順眼的伙伴。其中一個孩子飛回我身邊，急忙低下頭向我道歉（雖說是小孩子，這麼沒禮貌的行為，我貢老爺還是不能原諒！）。

「爸爸！這座肉山的腹，有著非常大的咬痕唷！會是什麼樣的鳥嘴咬出來的呢？我想，那一定是世界上最大隻的烏鴉的傑作！」

「啄出來的痕跡？」

「是啊！爸爸。又大又圓、用力嚼過的痕跡。像是把我們的翅膀整個張開那麼大。」

「呱，喀喀喀，嘎—！」我捧腹大笑。「笨兒子，那並不是鳥類幹的，那是別種動物的咬痕！跟我來，我告訴你們那是什麼……。」

我飛到海濱去，以穩健的腳步在海灘上行走，挺直腰桿，充滿無人能匹敵的優越感，替其他烏鴉開著路。我用和藹可親的聲音說道：「嘎！好豐盛的大餐呀！大伙兒，請容我打擾一下。我非教教兒子這世間的道理不可！」

「這美食多得跟山一樣唷！請放鬆心情慢慢品嚐吧！」

我用嘴喙翻開長鬚鯨的腹給牠們瞧瞧。

「你說的是這個圓洞嗎？兒子啊，這個是綠頭鯊的傑作（作者尼可註：貢在講故事的時候，並不是說「綠頭鯊」。牠採用的是『皮膚粗糙、嘴巴大、擁有銳利的牙齒、很多的鰓，肉質有獨特的鮮香，在海底游著泳』這種活靈活現的說法。不過這樣一來太過囉唆，所以在譯成英文的時候，改成北極海區域的道地用詞「綠頭鯊」），長鬚鯨在淺灘上垂死掙扎的時候，綠頭鯊大口咬下了牠的肉吧！首先扒下了牠肥厚的脂肪。長鬚鯨的肉質很鮮美，在海水中浸泡過後會變得更加柔軟。不過脂肪不一樣，泡過海水後結成硬塊，令人無法下嚥。唯有等到春天來臨，讓溫暖的陽光晒溶、軟化才能吃。必須耐心等候。

好，接下來講解一下這個……，瞧瞧這巨大的傷口，以及被撕裂的魚鰭。這是被虎鯨的牙齒咬過的痕跡。這尾長鬚鯨會被追趕到淺灘上，或許就是那傢伙幹的好事。如果真是那樣，長鬚鯨的耳朵裡，大概鑽進了蟲之類的東西……」

「耳朵裡有蟲？」

「正是。長鬚鯨這種生物，一直在聆聽著海洋的聲音，總是在側耳傾聽海底的動靜和水聲。正因為如此，才能在幽深晦暗的海中泅泳。不要打斷我的話！」

「對不起！爸爸。」

「熊那傢伙，遲早會盯上我們的，順便早點讓你知道一下卑鄙的熊的齒痕也好。那雖然是種愚蠢的動物，但撿現成的能力可是跟我們旗鼓相當。擁有一身蠻力，所以比我們更會蒐集長鬚鯨的脂肪，等待融化，實在是很貪小便宜的傢伙。還有，有看到那一點一點的小小咬痕嗎？那是臭狐狸留下來的。那傢伙個子雖小，但不可不防，這點你要切記。」

在我講課的過程中，其他伙伴也不知不覺圍了過來。別的地方絕對聽不到這麼淺顯易懂的說明，對，根本就不會有。不過，由於忙著說話，我還是稍微慢了一步。即使是再怎麼好吃的食物，還是不能挨過去叫其他的同伴讓開，給我們享用。因此，我飛回綠頭鯊的咬痕上盤旋。

那裡，已經有一隻先到的烏鴉了。是一隻明明見到我，卻連聲招呼也不打的蠻橫伙伴。聽到牠「吱─吱─」地滿嘴抱怨，我一氣之下朝他的腦門撞過去，把牠趕走。果然，我還是比較喜歡一個人優雅地用餐呀！不，應該說是，一個人優雅地享用美味的肉。

獨自穿越冰原

不久之前，我有了一個伴。和母熊並肩同行，真的非常快樂。為了奪取那傢伙的芳心，我與別的公熊戰鬥。然而最近這一次，被打敗的卻是我。那傢伙薄情地將我驅逐得遠遠的。此時此刻，大概正在某個洞穴中，舒服地睡著覺吧！我們絕不會再見面了。我離開洞穴的時候，她和孩子們在一起。對於帶著孩子的母熊，我不會呆呆地去招惹。

因此現在，我又一如往昔，踏上一個人的旅程。

我的腳底下踩著剛結成的冰，海豹就藏身在這片冰原底下。現在雖然還不是隨隨便便就捉得到那些傢伙的時節，但等到冰塊結得更厚，我就能大展身手了。

現在再稍稍忍耐一下好了。前路還很漫長，且讓我一步一步慢慢走下去吧！

追逐長鬚鯨！

我們擁有柔軟而充滿力量的龐大身軀。直挺挺的背鰭是我們虎鯨的勳章。來！伙伴們，前去追趕豎琴海豹群吧！這個時候，海面上幾乎都結滿冰了。那些傢伙，每到產子的季節，就會到冰原上來。豎琴海豹是很容易得手的獵物。此時此刻，就算是最年輕的母鯨，也能非常上手地獵捕牠們。抖動著尾鰭，高高抬起，給予致命的一擊！正是本人，讓大家們見識了我精湛的獵術。看見我明快的身手，任誰都不住鼓掌喝采！

快！潛進去！潛到冰下去……，一頭海豹露出臉來，在水面上喘著氣，正是個好機會……快！捉住牠！

尾鰭一揮，打擊出去！海豹的身體被甩到半空中去，等到牠掉到水裡的那一刻……吞了牠！

好有趣的遊戲呀！

我吆喝著，叫同伴過來。肚子填得飽飽的，呀！暫時不需要覓食啦，因為我們的身體裡面，已經墊好厚厚的脂肪了。

「喂，集合囉！」

「現在出發吧！」

聽到我們的聲音，正在前方游動著的海豹群，慌張地亂叫起來。隊伍變成一盤散沙，成員一個個像海豚一樣，翻身躍出水面，拼命地逃。我們互相打著暗號，慢慢、慢慢地游過去。這時，遠處傳來某個聲響。聲音雖然很細微，卻頗為清楚。

「安靜！」

我們閉上嘴巴，張開耳朵。各式各樣的聲音傳過來。海豹的動作、小蝦米跳躍的聲音、海浪打在海中突起的小山山壁上的聲音。還有遠遠的、從對面傳過來的沉重聲響——長鬚鯨發出來的聲音（作者尼可註：在這個地方頁也是沒直接說「長鬚鯨」，而是採用長長一串、不知所以然的形容來說明。依照頁的口吻看來，牠似乎並沒有親眼看過長鬚鯨）。

「發現獵物！是個龐然大物。快！這回的對手身手相當敏捷唷！別讓牠跑了。」

和巨大的鯨魚交手——即使是動作遲鈍的北極長鬚鯨，也不能像獵捕海豹那樣隨隨便便。我們全都上緊了發條。這回的目標，是所有的獵物當中身手最靈活的。

要追到那個傢伙，非得使出全力不可！

「快！全速前進！」

我們用鰭打著水，不斷加速。

「全速前進！」伙伴們同聲呼喊，緊跟在我後頭。

我們面向南方，勇往直前！

尋找腳印

「偉大的多拉加」一直都獨來獨往。冰塊掩住了海豹喘氣用的洞口，牠卻能一把掀開，真是個力大無窮的傢伙。而且，對我們狐狸來說，更是一位好心的神明。因為牠一直都會留一些食物給我們吃——有紅色的肉、黃色的肥油、咬勁十足的骨頭等。

跟在「偉大的多拉加」的後頭，一定會有東西可以吃。在我還是小狐狸的時候，媽媽就這樣告訴過我。聽到這話的那一刻，我正在位於凍土帶的巢穴外面，玩得不亦樂乎。

庫魯卡似乎非常猶豫要不要跟過來，而且好像也對在冰海上漫步厭煩得不得了。不過，如果取笑牠，後果可是不堪設想，所以我不敢那樣做，只是一個勁地往前跑。這種Z字形的曲折跑法，是我們狐狸尋覓獵物時的步法。

這裡一定有腳印，跟胖狐狸的肚子印一樣巨大的腳印。

發現了！

「在這裡唷！庫魯卡，快點來！」

聽到我的聲音，庫魯卡也跑了過來。牠嗅著腳印的味道，橫眉豎目地瞪著我。

「庫魯—！這東西不是跟黑熊（作者尼可註：一提起黑熊，貢一定會說牠是隻殘暴的動物。意即是：『褪色的皮膚上都是像野莓一樣的斑點，屁股後面則是一堆糞山』，不過，這畢竟是北極烏鴉眼裡的黑熊！我想，事實上庫魯卡口中的「黑熊」，純粹只是有些許輕蔑意味的狼族語而已）的腳印一模一樣嗎？不過，似乎要來得大一些，而且味道也很臭。」

庫魯卡脫口說出我連聽都沒聽過的動物名稱。但是，那究竟是怎麼一回事呢？我真的很確定，這是「偉大的多拉加」的腳印沒錯呀！

「黑熊是很強勁的對手。」庫魯卡說，「就算是我們兩個合力，也打不過牠。牠們棲息在茂密的林木中，隨手吃掉野莓、魚和樹根。那些傢伙的臨別贈禮，應該也只有跟山一樣高的糞堆吧！難道狐狸吃糞便嗎？庫魯—！」

庫魯卡說了那樣沒水準的話，而我佯裝沒聽到。庫魯卡似乎非常在意那些腳印，牠竟抬起一隻腳，在「偉大的多拉加」的腳印上撒尿。我跳上去咬了庫魯卡一口，又趕快躲開。

我循著大腳印走。

太陽公公升起來，在冰原上射下淡淡的芒暉。冰山及高度很高的浮冰，也在雪地上投下了好幾道長長的斜影。那當中一點一點的，正是「偉大的多拉加」留下的腳印。這兒也有、那兒也有，我沿著腳印，一直、一直往前走……。

太陽公公只有稍微露了一下臉，便又迅速地躲起來了。又到了很漫長、很漫長的幽暗時節了。強風颳起了雪，在冰上吹出了好幾個雪堆。突起的冰脊上，響起了「咻—咻—」的風聲。

庫魯卡發現了「偉大的多拉加」的糞便，說得比剛剛更難聽了。一定是漸漸消瘦下去的緣故，所以脾氣變得很差。早一點找到好吃的東西，明明比較重要呀！我的肚子也餓扁了啊……。

獵海豹

我在隱密的洞穴旁邊等待。每當風掠過冰原，冰塊的結晶就會發出「咻——！咻——！」的聲音。已是幽暗的夜晚了。低垂的雲朵之間，有星光一閃一閃地耀動著。天空中，懸掛著再度變得渾圓的滿月。

這裡是世界的邊境。太陽神在躲進冬天的被窩之前，雖然稍微露過幾次面，但是光線卻已經無法好好傳遞到天地之間了。四周昏暗到爬上冰山山頂，由上往下看，會發現只剩地平線還稍稍發亮的那種程度。

我持續地等待著，雪飄落在我前腳上。

海豹察覺了本大爺的腳步聲，所以變得非常謹慎，已經有很長一段時間，不曾回到這個洞穴來了。而我耐心等候著。

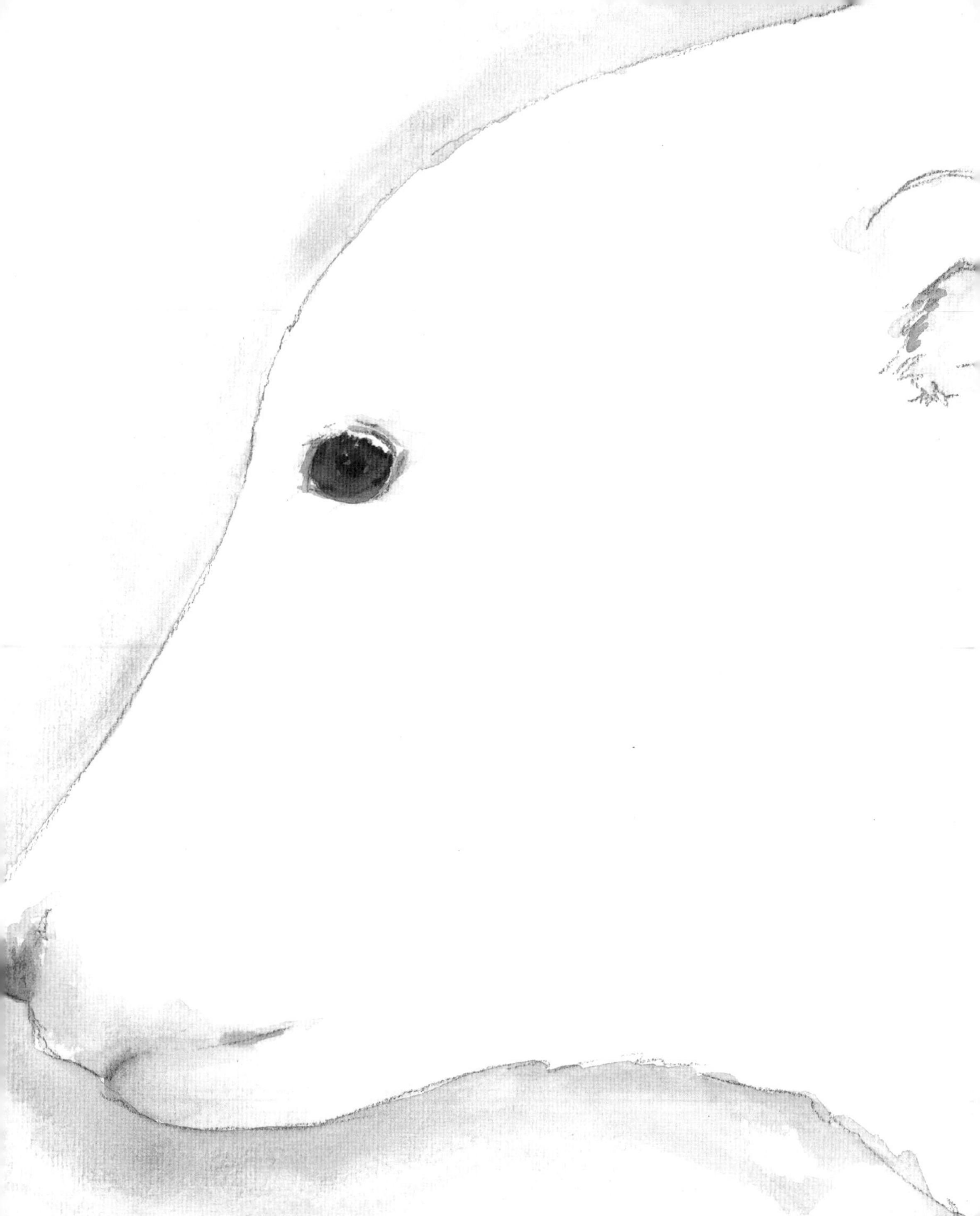

201　北極烏鴉的故事　獵海豹

在覆蓋著海面的冰下深處，有著實實在在的、微微的波濤起伏。我靜止不動，因為我知道，有海豹正潛伏在水底下，豎起耳朵偷聽。

封住海面的冰原上，開著口的小小洞穴中，一團團白色的煙正冉冉上升。那是海豹的氣息。我捕捉著那傢伙的蹤跡和氣味，用右前腳敏捷地扒開冰，朝那傢伙的頭扁下去。我爪子一勾，張開血盆大口咬住拚命掙扎的海豹，使盡吃奶的力氣將牠拉上來。當我將海豹那矮矮胖胖的身軀拖出狹窄的冰上小洞時，聽得見牠肋骨碎裂的聲音。

幹得好！我成功狙殺了海豹！

本人是一個獨行俠。還是趕快將獵物掃進肚子裡，然後上路，繼續我的旅程吧！不管是哪個傢伙，只要破壞本大爺行程的，我都絕不饒恕！

多拉加的剩菜

和漸漸變得有精神的克隆相反，我一直衰弱下去。

在這塊只有冰塊的不毛之地上，什麼都看不見。四周「嘰—嘰—嘰—」地響個不停，我的腳底下不斷搖晃。啊，真是懷念凍土帶呀！

「接近囉！就快要到了！」

好像是聞到了什麼味道，那小傢伙開心地叫起來。雖然牠一直喊著接近囉、接近囉！我仍然不知為何，總覺得還非常遙遠。

我小跑步，追在牠身後。漆黑之中，幾乎處處都聞得到異味。忽然間，前方傳來克隆的尖叫聲。那傢伙身陷危險中嗎？去咬剛剛談到的龐然怪物——黑熊，而惹惱了對方嗎？我從喉嚨深處發出低吼，快速地追上克隆。

細長的月芽兒從雲影深處露出臉來，皎潔的光輝照耀著四周。月光下，我看見了克隆，牠正以奇怪的姿勢，蹦蹦蹦地跳著跑，好不容易停了下來，又不知為何開始亂叫，來回輕輕地跳躍著。

「找到了！庫魯卡，這裡、這裡！」

克隆在冰上的洞口周圍跳來跳去。我走近一看，發現有小小的骨頭和肉屑從那裡濺出來。在不久前的春天裡，追逐我們的、那隻沒有腳的生物，頭骨粉碎了。克隆啣起牠的肋骨，高興地又蹦又跳。

「這是偉大脫拉俠的手下敗將唷！」

牠似乎是想說：「這是偉大的多拉加的臨別贈禮唷！」克隆的嘴裡塞滿了骨頭，看起來歡天喜地的，不過，我卻很沮喪。雖然也有掉一些肉塊出來，但是，那些給一隻狐狸吃或許非常充分，對狼而言，根本就吃不飽。我嚼碎骨頭碎片，嚐到極其細微的骨髓味。跟舔大腳怪的腳印時，口水中的味道一樣。實在很糟糕，這不應該是出自一個族群領袖口中的話語啊！

「太棒、太棒、太棒了！」

克隆四處跳來跳去，撿剩菜吃。終於，最後一片碎屑也吃完了，牠甚至開始啜飲摻著血絲的白雪。我的心情非常低落，便跑到陳年浮冰的背後沉重地蹲下來。

「過來呀，庫魯卡！我們快走！一定還找得到『偉大的多拉加』留下來的禮物唷！」

我煩躁不堪地咆哮著。截至目前為止，我都很樂意接受克隆的分享，就算是像旅鼠那樣微不足道的獵物。但是，唯有這一次我沒辦法忍受。並不只是因為數量不足——沾大腳怪的光這種事，有損我庫魯卡的自尊。而且，我實在是精疲力竭到舉步維艱的地步了。所以，我無視於克隆的呼喚，閉上了眼睛。

我一醒來，就發現克隆靠在身旁。彷彿是想溫暖我的身子似的，緊緊地偎著我。我飢腸轆轆，而那傢伙因為吃了大腳怪的剩菜，肚子都鼓起來了。剛才明明滿腦子都想著要先走的……，現在卻還在這裡。

克隆舔著我的臉，說道：「庫魯卡，你不過來嗎？」

我搖搖晃晃地站起來。身為一匹狼，絕不能曝屍在這種荒地。

「庫魯卡也要去。」我說。

遼闊無際的冰原綿延不絕。抬頭望天，細長的月芽兒正冉冉飄上夜空。

就要餓死了！

我非常擔心庫魯卡。

在月昇月落當中，我們一直在尋覓著「偉大的多拉加」的腳印。途中約有六次，發現了牠留下的贈禮。

我雖然還是瘦巴巴的，不過託牠的福，精力已經恢復不少。但是，庫魯卡仍然處於嚴重的飢餓狀態。牠走起路來搖搖晃晃，身子虛弱得連腳都抬不起來。

其他差不多也有三次，我們發現了「偉大的多拉加」光顧過的海豹窟，然而，那裡已經被掃平，什麼食物都沒有了。

多拉加大概忘記留下禮物了吧！

後來，我甚至有點想跨越「偉大的出海口」到陸地上去。有相當微細、屬於陸地的氣味，飄散在風中。那味道和夏天感覺很豐饒溫暖的泥土香並不相同。那是在黑暗中沉睡的大地散發出來的，寂靜且夾雜著雪花的氣味。

我的肚子餓扁了，已經一點也不想玩回憶食物之類的遊戲了。

「你記得野鴨生的蛋嗎？……第一次見面的時候，你身上野兔的味道？還有掉進冰面的裂縫中，拼命掙扎的馴鹿……？」

此時此刻，光講起食物的名稱，胃就會緊緊揪痛。

庫魯卡已經連起身都沒辦法了，腹部痛苦地痙攣著，鼻尖被凍得白白的。不斷不斷咕咕噥噥地講著狼族語。

我從庫魯卡的夢囈中，知道了牠死去太太的名字。她，似乎是被大鳥給殺害的。

「庫魯卡也要到妳身邊去了……」

雖然聲音小的幾乎聽不見，不過因為我把耳朵貼到庫魯卡的嘴邊去，所以聽得一清二楚。

「妳看見那宛如大河一般，川流不息地奔跑著的馴鹿群嗎？庫魯卡也要過去那邊。來，到我身邊來，一起玩耍吧！妳啦、孩子們啦……，大家一起來玩耍吧！」

庫魯卡這樣說著，並且不停地呼喚著太太的名字。在這裡不太方便說出她的名，因為那是狼的祕密。等到庫魯卡死去，牠太太的名字也會隨之在這世上消失吧！這是一定的。

啊，為何多拉加要背叛我們呢？我們明明是因為相信牠才來這裡的，但是牠卻沒把好吃的食物留下來給我們。因為這樣，我的朋友就要死去了啊！我想要再一次就好，再一次去找找看有沒有牠的贈禮。要是發現了什麼，就盡量多帶一些回來給庫魯卡。

那之後，我想要找庫魯卡打一場架。我知道唯有不保持沉默，庫魯卡才會起身奮戰。如果能激發牠的鬥志，讓牠殺掉我、將我吃進肚子裡，也沒關係。就把我的精力化為庫魯卡的精力，讓牠繼續接下來的旅程好了。

我舔了舔庫魯卡的臉，然後悄悄從牠身邊離開。

夜，為何如此寒冷啊！

勇敢的狐狸

起初，我以為自己還在作夢。有人在拉我。喘著氣、使勁地拉著我的尾巴。這次，又咬痛我的鼻尖，在我耳邊不斷亂叫。

牠，在呼喚我的名字嗎？

「庫魯卡……庫魯卡……庫魯卡……」

我已經連答話的力氣都沒有了，真想就此朦朦朧朧地沉睡下去。即使我張開眼睛，看到的頂多也只有寒冷的冰原而已。要是能就此長眠，那麼苦苦折磨我的飢餓感，也會漸漸地淡去吧！然而，想要掉入睡夢深淵中的我，耳朵裡卻飛進了相當激烈的，侮蔑的言詞。

「沒用的臭小子！你連戰鬥的勇氣都沒有嗎？膽小鬼！來呀！過來和我打一架啊！」

膽小鬼？臭小子？這是指我庫魯卡嗎？是哪個不知天高地厚的傢伙？竟敢找一

個團隊的領導者單挑！我睜開了眼睛。

「給我醒來！撲上來呀！」

我站起身，或許這將是我最後的戰役了。不過，與其苟且偷生，倒不如光榮的戰死！

我眼前一片模糊，彷彿被煙霧籠罩住了，勉勉強強才捕捉到在我鼻頭跳來跳去那傢伙的身影。是個擁有膨鬆白毛的矮子，用奇怪的姿勢蹦蹦蹦地一直跳著。只有三隻腳嗎？牠「咭—咭—」地尖叫，滿嘴的髒話四處亂吐，而且講的是非常不標準的狼族語。我茫然呆滯地站了起來。說時遲、那時快，那傢伙突然撞了過來，不假思索地咬住我的側腹。

心中霎時燃起一把無名火，我，回過了神。我怒吼著，撲向那傢伙，打算讓牠當場斃命。然而，一揮舞前腿，眼前就白花花一片。這時，有個東西掉落在我凹陷的鼻樑上。

「吃呀！沒用的膽小鬼！如果是這樣，就要換我撲上去了！」

有骨頭和肉的味道。我不知不覺張開了嘴，朝三支肋骨用力咬下去。雖然只有一點點，但那上面確實附著著些許的肉和脂肪。非常抱歉。由於實在是太餓，我也顧不得尊嚴了，只能這樣難看地啃骨頭、不斷吸吮著肉屑。託這傢伙的福，我的精力已經恢復了好幾分。眼前的煙霧一掃而空後，出現的竟是克隆的身影！牠露出尖銳的牙齒，表情非常可怕。

「臭小子！撲上來呀！」

這傢伙不過是隻微不足道的狐狸，竟敢不自量力地找狼打架？我豎起頸圈上的寒毛，將兩隻耳朵向後放倒，朝那傢伙撲過去。我輕而易舉就將克隆扳倒在地。那傢伙絕對無法再動手動腳了。然而，就在我準備取牠性命前的那一刻，突然猶豫了起來。這個時候，克隆應該放聲大叫，向我求饒才對呀！一直以來，我們都是這樣玩鬧著的啊！但是這次，那傢伙卻似乎不打算那樣做……，牠高聲呻吟著、扭著身子，對著我張牙舞爪。

我叼住克隆的脖子，毫不遲疑地就要咬下去。那個時候，與我面對面的牠，闔上了雙眼。克隆的眼裡絲毫沒有畏懼之色。平靜的褐色光芒中，擁有的只是深切的溫柔。那是大無畏的強烈疼惜之情。同樣的眼神，我之前也曾經見過。那是妻子臨死前，望著我的眼神。即使已經瀕臨死亡邊緣了，依然關心我比關心自己更多，不斷為我舔舐著肩頭的傷口。還有，很久很久以前，母親的注視。這隻小狐狸——克隆的眼底，潛藏著和當時那個注視，一模一樣的光芒。

我放了克隆。

「你的肉我嚥不下去。味道一定比那些北極烏鴉更怪。」

雖然嘴裡粗魯地抱怨，但是胸口卻在發燙、心頭洶湧澎湃。

克隆站起來，抖落身上的雪。多麼有勇氣的狐狸呀！當時，我第一次道出存在內心已久的疑惑。

「克隆……為什麼會變成三腳狐狸呢？」

「克隆自己咬斷了……」

一邊說著，克隆還對著前面那隻斷腳，做出用力咬掉的樣子。

「為何要這樣？」

「我的腳，被『喀擦喀擦大嘴巴』夾住了。克隆逃不出去，而北極烏鴉跑來了。」

「喀擦喀擦大嘴巴」到底是什麼東西？我沒聽說過。

「那傢伙有眼睛嗎？」

「沒有耶！」

「耳朵呢？」

「也沒有。」

依稀有些記憶浮現出來。從前，母親好像告訴過我。

「有沒有舌頭？」

「是冷冰冰、沒有血管的舌頭，上面吊著野兔的肝臟。手一伸出去，那東西馬上非常激烈地闔起來咬住，長脖子還會跟著喀擦喀擦地響！」

我想起來了！在我還是小狼的時候，有一次和母親及兄弟姊妹們出去散步，曾經碰見過被那東西咬住的狼獾。牠痛苦不堪地打轉，在同一個地方繞圈圈，因為有一隻腳被咬住了，身體不太能活動。母親稱那東西為「死亡之口」。當時，我目不轉睛地盯著那東西瞧。不只是耳朵，連鼻子、眼睛和舌頭都沒有。模樣實在不太像個生物，像是一個死者的頭蓋骨，中間有個空空如也的大嘴巴。但是，那東西活著。證據不就是那傢伙正毫不留情地，緊緊咬住狼獾的前腳嗎？

連愛和狼及熊打架的，兇猛的狼獾，也對付不了那傢伙。

母親對著顫抖不已的我們，這麼說：「看清楚了唷！一定要牢牢記住。『死亡之口』一旦咬住了獵物，就絕對不會鬆嘴。要是被那傢伙捉到，就只有死路一條了。這種用來誘騙獵物上當的食物，千萬不能靠近喔！」

現在，光是回想，我就渾身發抖，而克隆竟然被那東西捉到過！而且還自己咬斷了被夾住的前腳逃離現場？

「克隆咬斷了自己的腳嗎？」究竟要如何，才拿得出那麼大的勇氣呢？真是不敢置信！克隆一副傷腦筋的表情。牠的腳只剩下三隻了，牠一定覺得，因為那個緣故而不得不改變的走路方法，在我的眼裡非常愚蠢。我繞到牠背後去，把牠的尾巴咬過來，不過，牠卻不理會我的逗弄。

是啊！現在我完全明白了。克隆被「死亡之口」咬住的事情是真實發生過的吧！這傢伙一定是咬斷了自己的腳，才逃離那裡的沒錯。我對克隆充滿了深深的敬意。用北極話無法確實傳達我的心情。因此，我決定以狼族語來告訴克隆。

「小兄弟，你勇氣十足。你，是我真正的兄弟。我庫魯卡發誓，我率領的這一群狼，從今以後，都絕不再殺狐狸、吃狐狸！」

當然，我現在並沒有領導什麼團隊。然而，我在心底發誓，總有一天，我會再度站上群體的頂端。因為這隻小狐狸，給了我活下去的勇氣。到時，我一定會時常想起這隻小狐狸咬斷自己前腳，這種勇敢的事蹟吧！也一定會時常想起，這個為了替我灌注元氣，打算捨身相救的朋友吧！不過，克隆似乎不太明白我說了什麼。

「克隆，了解嗎？」

那活蹦亂跳的傢伙停下來，搖著毛茸茸的尾巴。

「克隆和庫魯卡是兄弟，感情很好的兄弟。」

無論如何，牠說這話時高興得不得了。說來說去克隆似乎也只聽得懂「兄弟」

這個詞。不過，懂那個不就非常足夠了嗎？的確，這個語詞本身意蘊深遠。

「走吧！」我說，「去尋找大腳怪的腳印吧！」

雖然身體虛弱得不得了，但我已有了到死為止都要持續向前走的覺悟了。我想要挺直腰桿迎接死亡的那一刻，我討厭攤在冰上等死，怎麼能夠隨隨便便就被沖到另一個世界去呢？

克隆看起來非常開心，牠沒逕自往前跑，而是一如往常，和我肩並著肩，走在一起。

真是隻勇氣可嘉、棒透了的狐狸！

大烏鴉的同情心

熊那小子很難相處。任性得不得了。耐性和牠小小的尾巴一樣，只有一丁點而已。再加上腦筋不太好，又沒什麼幽默感，不能靈活地與人交談，連玩笑話也聽不懂，要牠和別人當面辯論，更是一點辦法也沒有。要是誰不知死活地嘲笑牠，牠會立刻大吼起來，不顧一切地衝上前去。

事情發生的當時，我們烏鴉正在享用大餐。大家說說笑笑地吃著東西，場面熱鬧得彷彿在舉行祭典似的。就在那個時候，那隻熊走了過來。我實在是沒見過體型那樣大、性情那樣暴烈、一點禮貌都不懂的熊。

之前發現的長鬚鯨雖然下半身全被冰封在海面下，只有上半身被沖上岸來，但是已經足夠讓大家享用了。然而，半途卻殺出了這頭狗熊。牠一來，我們本能地飛得一隻也不剩，全部躲到長鬚鯨的背後去避難，然後出聲向這位稀客放話。

「大家都想吃！」

那個傢伙一聽到這句話，竟立刻跳起來，跨坐到長鬚鯨身上，猛然出手襲擊我們。我們嚇得一哄而散，而那隻熊掌從對面側滑落的時候，順勢剝下了長鬚鯨的脂肪和鮮肉。連聲招呼都沒跟先來的我們打！

我在空中迴旋了數圈，偕同幾隻伙伴，飛到突出的冰脊上。大家都嚇破了膽，非常不愉快地對著那隻熊吼叫。

「這是大家的美食！大家的東西！」

就在那個時候，前天晚上回來的我兒子貢卡，也靠過來了。我們聯合起來站在高處往下看，指責牠的貪婪。那傢伙抬頭看了一下我們，然後又往下翻尋著肉塊和脂肪。

「這是大家的東西耶！」貢卡大喊著。

「這是我一個人的！」熊吼回來。

「大家都想吃！」我們齊聲叫道。

「這全部都是我的！」熊大聲吼叫，作勢要撲過來。我移身到安全的場所去，開口對牠說：「嘎─！骨瘦如柴的傢伙！你連一隻海豹都抓不到嗎？還是因為那個黑頭鼻太明顯，把獵物都嚇跑了？」

這樣一來，烏鴉們也算大獲全勝了！甚至連碰巧經過的兩隻狐狸，都「咭─

咕—」地笑出聲來。這算是非常稀奇的事，因為狐狸們一向將那傢伙奉若神明，總是說著熊會在冰上留剩菜給牠們吃之類的無謂夢話。

「不，不是黑鼻子害的吧！」這回貢卡也插嘴進來，「是因為這傢伙打獵的技巧太遜了，才會一直餓肚子。而且肚子又咕嚕咕嚕的叫得很大聲，所以海豹們遠遠地就知道牠來了。這傢伙還來不及靠近牠們的洞穴之前，就敗露身份了。」

「還有還有，海豹們一從洞穴裡探出頭來，就會聞到這傢伙的臭味。」

別的烏鴉也跟著嘲笑牠。這次，熊真的火冒三丈了，又向我們撲過來。牠渾身發臭，臭氣薰天，真是令人厭惡到極點。那傢伙剛從冬眠中覺醒，爬出洞穴不久，因為睡了好長一段時間，洞穴裡屯積了太多糞便，味道不停薰著牠的身體，所以牠才會這麼臭。這點大家都知道。

「嘎—！」我也稍稍刻薄地說道：「這傢伙還是小孩子的時候，實在是太不懂事了，還曾經趁母親不注意，偷偷撒尿呢！」

待在旁邊的一隻狐狸，趁著眾人爭吵的空檔，偷偷扒下一片鯨魚肉。我的話，似乎連狐狸也聽得懂，這傢伙忍俊不禁地「咕—」一聲笑出來。聽到牠笑聲的熊又抓狂起來，簡直是快要氣瘋了！這次，牠把矛頭轉向狐狸，想要撲過去捉。趁這個機會，我們飛到長鬚鯨上頭，只有在這一小片刻裡，才能盡情啄食鯨魚肉。正當大家開心笑鬧著、高興地享用大餐時，熊又走回來了。

「嘎──！」貢卡發出警報，「大家逃到上面去！那個瘦骨頭來了！」

我的小兒子們，沉迷在這個新遊戲之中。我們和狐狸一起輪流取笑熊，引開牠的注意力，讓其他的同伴趁機去取鯨魚肉。熊追逐著我們，從長鬚鯨的左邊追到右邊，來來回回追趕著。至於兒子貢卡，則鑽進了長鬚鯨的嘴巴裡，躲在牠鬍鬚後面，繼續譏諷著熊。熊那傢伙搞不清楚聲音到底是從哪裡傳出來的，氣得火冒三丈。雖然到最後，那傢伙也填飽了肚子，不過一定會消化不良吧。

話說回來，過沒多久，我就玩膩了這個遊戲。想辦法嘲笑熊好幾十遍，就會發現對方也只不過是個大而無用的無聊傢伙罷了，一點都不能滿足像我這樣的知識份子。我看看身旁的貢卡。

「嘎──！你不覺得熊實在是很無趣的傢伙嗎？」

「是啊，尤其是我們眼前這個傢伙。就算一直跟在牠後頭，也不會找到什麼好康的。豈會留下什麼剩菜？但是，那兩隻愚笨的傢伙依然緊緊地跟著牠。」

「嘎──！你說的是狐狸嗎？那些傢伙總是跟在熊的後頭。所以，狐狸是不會對熊口出惡言的，甚至還會以別的稱號敬奉牠。」

「這個我雖然也明白，但奇怪的是，那些蠢傢伙當中的一隻，竟然是狼。狼和狐狸居然一起旅行喔！」

「什麼？」

「嘎—！實在太不可思議了！不過，這是真的沒錯，我之前就看過那兩隻動物在一起了。那隻狐狸只有三隻腳……」

貢卡從前曾經把自己見過的大決鬥講給我聽，而我和老朋友貓頭鷹碰面的時候，牠也有提起。從我兒子貢卡的話中，我發現之前和我失散的那兩個傢伙，已經離這兒不遠了。此時此刻，牠們似乎正跟我們搶長鬚鯨吃的那隻狗熊的後頭走來。

「但是，牠們絕對沒辦法走到這裡來的唷！」貢卡說道，「那兩隻動物都很虛弱，就快要餓死了，因為那隻熊連一小塊肉都沒留給牠們。差不多又到吃飯時間囉，待會兒再看看會不會來吧！哎呀，明明可以好好吃長鬚鯨的……」

貢卡又往下看了看長鬚鯨，接著怒目瞪視那隻熊。

「如果我們沒料錯，那傢伙把肚子吃撐了以後，立刻就會睡著了。到時，我們就全部一起飛下去，好好地享用。這次要安安靜靜、沉穩地吃喔！」

「那麼，現在就試著伸展一下翅膀吧！」我面無表情地說著，「那樣也可以增進食慾。」

只要一想起那隻三腳狐狸和狼之後會發生什麼事，我的尾羽就不禁翹起來。總

而言之，那兩具屍體是屬於我的，是吧？

月又漸漸圓了。月亮在大冰原之上，投下銀色的光芒，要尋覓熊的腳印實在非常簡單。我很快就發現了那隻狐狸與狼的蹤影。我在天空中滑翔，優雅地降落在那兩個傢伙身邊。兩隻都腿部發軟，一副奄奄一息的模樣。

「嘎——！好久不見呀！」

我向狐狸搭話。不跟牠計較當時拔我尾羽的仇恨，我寬宏大量地用親切的聲音跟牠講話。然而，狐狸卻對我目露凶光。

「你的腳怎麼樣了？那隻咬斷了的腳還好吧？」

「不礙事。」

牠看起來真是無依無靠。

「你呢？屁股沒什麼事吧？看來，新羽毛好像已經長出來了嘛！」

我故意忽略牠無禮的話，把臉轉向那匹狼。

「這傢伙也已經……」

剛剛好像才說起，吃飯時間到了，我並不是那種沒神經的傢伙，還聽得懂這話的涵義。不過，狼好像看穿了我的心思。

「我還沒死呢！」牠大吼一聲，「吵死了！」

「你們究竟打算到哪裡去呢？」我後退兩、三步，開口問道。

「跟著『偉大的多拉加』走。」

聽到狐狸的回答，我不由得笑了出來。

「那小子？嘎——！那個低能的傢伙嗎？要找牠的話，牠就在離這裡不遠的地方唷！正在狼吞虎嚥的大啖美食，彷彿要撐破胃袋似的！」

「有吃的嗎？」聽到這個，狐狸的耳朵都豎起來了。

「唉呀，幾乎都快吃光了呀！」我告訴牠們。

這時候，狐狸第一次對我使用敬語。牠以古代流傳的、我們烏鴉所使用的招呼語，來跟我交談——雖然如今，在這塊土地上生活著的烏鴉們，都已經不知道如何使用這種語法了。

「各位的食物，可以分一點給我們吃嗎？」

我思量起來。如果這裡已經找不到任何食物的話，這兩隻動物失望之餘，或許會倒地而死也說不定。這對我們來說簡直是搭順風車。然而，雖然偶爾會發生一些不愉快，不過這兩個傢伙的確為我帶來不少歡樂。就像之前說過的，像我這樣具知性、有教養的烏鴉，尋求的是精神上的刺激。這兩個傢伙，正好能帶給我這種刺激。光思考這隻三條腿的狐狸，為何會跟成狼一起旅行，就覺得很稀奇，不是嗎？

「嘎——！告訴你們好了！等月亮再度升起的時候，你們就往前走。到時，會發現有食物正等待著你們。有十分充足的肉類唷！那是屬於大家的美食。」

「真的嗎？」狼狐疑地問道。

「北極烏鴉不會說謊！」我相當嚴肅地聲明。

「真不敢相信！那個大腳怪至今一次也沒留過食物給我們吃！」

「嘎——！好好反省吧！居然還懷疑我，真是忘恩負義、不知好歹！當時告訴你們有馴鹿群奔過來的也是我。你們連那個都不記得了嗎？」

狐狸一直凝視著我。

「庫魯卡，烏鴉先生說的是真的唷！」

「這樣啊？那還真是感激不盡呀！」

這話聽起來充滿諷刺的意味。

狐狸拼命震動身體，打著哆嗦，大概是為了提神，消除睡意吧！那傢伙看著我說道：「感謝您！烏鴉先

生。我死掉之後，要是能被您或您的同伴發現就太好了！來吧，庫魯卡，我們走吧！」

狐狸道別的臺詞深深打動了我。我高興到鳥羽都聳立起來了。那傢伙似乎也不是個壞人嘛！我藉著那些話，回味起昔日令人懷念的種種。跨越海洋的那兩個傢伙，到底曾經經歷過哪些事呢？總有一天，我要聽聽牠們的冒險故事。而我，也為自己告知牠們有長鬚鯨可吃的偉大情懷，感動不已。

「嘎——！那麼，我要走了唷！待會兒見了！」

我張開羽翼，飛上廣大的天空。一邊在空中迴旋著，一邊對那兩個傢伙說：

「到那邊之後要處處小心！那個蠻橫無禮的傢伙也在，牠想把美食占為己有，要注意唷！」

然後，我離開了那裡。

嘎——！我真是太有同情心了呀！

信念

擁有信念的人，就是強者。

我一直相信，偉大的多拉加一定會把食物留下來給我們。不只是像我這樣微不足道的小狐狸，就連庫魯卡，也鐵定能獲得牠的幫助。就是因為如此深信，所以才能堅持走到現在。

循著牠的足跡前進，好不容易走到陸地上來。翻越冰峰，來到接近岸邊的冰原裂縫旁，看見面前橫臥著這世界上最大的生物。週遭是一片嘈雜的烏鴉叫聲。許許多多的烏鴉聚集在那座龐大的身軀上，其中還夾雜著兩隻狐狸。旁邊有隻一身白毛的動物，正大聲打著鼾，沉沉地睡牠的覺。那傢伙的肚子鼓鼓的，一定也剛在這裡大吃過一頓。

「這邊！」老烏鴉貢對著我們大喊，「快繞過來這邊，你們要是把那傢伙吵醒了，一定會被牠追著跑，而這裡正好是死角。嘎——！大家一起來吃吧！」

團團圍住四周的冰峰上，棲息著許許多多的烏鴉。大家都一副因為吃太飽而飛不起來的模樣。跟我們相比，牠們何其幸運啊！我和庫魯卡，肚子都已經餓得咕嚕咕嚕叫了。我們一找到可以慢慢用餐的地方，就立刻啃起結凍的魚肉和脂肪。心裡滿懷著對神明的感激。

「嗯，好吃！真的好好吃！」

庫魯卡一邊吃著肉，一邊喃喃自語。

在我們周圍的雪堆看起來亂七八糟的，已經辨認不出哪個是「偉大的多拉加」的腳印了。不過，多拉加果然是偉大的動物。竟然有辦法殺死這麼大的東西，還把牠拖到岸上來！

我們的胃袋已經餓到完全縮小了，塞了幾塊食物進去填滿之後，就離開那座美食山。好好待在這邊的話，就不會被那個巨大、冷漠的傢伙打擾，可以安心休息了。我蹲坐下來，又重新誇讚了偉大的多拉加一番。

「多麼強壯的生物呀！居然連那種獵物也捉得到！」

庫魯卡「哼！」了一聲，嗤之以鼻。

「或許是很強壯沒錯，但是個性卻很差！」

「你怎麼會知道？你又沒見過牠！」

庫魯卡望了我一眼，似乎把我當做是笨蛋。

「見過。在對面睡覺那個傢伙就是了。你不知道嗎？看，牠醒過來了，正在驅趕烏鴉呢！」

「咭—！說什麼傻話！那種傢伙怎麼可能是偉大的多拉加？憑那傢伙，是不可能殺得死這隻跟山一樣壯的獵物的。那傢伙雖然也很龐大，可是能殺掉宛如山一般壯碩的獵物的，必定是更加、更加龐大的動物！」

「不，這東西並不是那傢伙殺的。」庫魯卡說。

「才不是！那是偉大的多拉加殺的！我們是循著牠的腳印，才來到這兒的，之前，之所以能發現海豹窟，不也是因為跟著牠的足跡走嗎？」

為什麼庫魯卡會這樣不明究理，就一味講著這種失禮的話呢？那邊那隻愚蠢、貪婪的野獸，怎麼會是偉大的多拉加？

雖然我不知道那座宛如山一般的大肉塊，是不是大海豹之類的東西，但是那獵物即使只是橫躺著，也比那傢伙站起來還要高大。光是長度就有十倍長，重量想必更是高達好幾百倍。

「不管你怎麼辯解，那傢伙的確就是！」庫魯卡拋下這句話。

我在排成一列的烏鴉當中，發現了貢。

「那邊那個貪得無饜的大食客，叫什麼名字？」

聽到我的話，烏鴉們齊聲笑了出來。

「你喜歡怎麼叫，就怎麼叫。」貢回答道，「各式各樣的叫法都有喔……大腳怪、啞巴、裝腔作勢的傢伙、大屁股、餓死鬼、黑鼻子……」

烏鴉們吱吱喳喳地笑成一團，我也跟著叫起來。而稍微遠一點的地方，傳來狐狸的應和聲。對方一直注意著我嗎？維持著這樣的距離，那隻狐狸先用北極話，狐狸同伴之間互通的語言，開口向我搭話。

「歡迎！旅行者。你千里迢迢地跟在多拉加後頭，卻不曉得牠是誰嗎？瞧，在那邊的那個傢伙，正是『獨行俠』唷！」

這傢伙到底在說些什麼啊？真令人不敢置信！不過，那隻狐狸卻繼續了說下去：「聽你說話的口音，就知道你是在凍土帶出生的。我們這兒有許許多多的多拉加喔！但是你們那邊，卻不太常見吧？是誰告訴你們，要循著牠的腳印走的？」

愚蠢的問題！那是身為狐狸應該要有的常識吧！

「沒有人教我們啊！」我回答道。

「那為什麼要這樣做？」

「因為知道跟在牠後面，就可以找得到東西吃。」

對面的狐狸稍稍靠了過來。牠身後還有另一隻。牠們盯著我瞧。就在我跟對方聊天的時候，庫魯卡沉沉地睡去了。

「你們從哪裡來的？」

「從那個大出海口的對面。」

狐狸嚇了一跳，尖叫起來。然後，又再靠過來一點。是個嬌小可愛的女孩子！我暗自竊喜。

「你不怕牠嗎？」她指了指沉睡中的庫魯卡的鼻尖。

「一點也不。牠是我的朋友。我們倆一起跨越出海口，抵達了這裡。而且是兩次喔！一次搭乘浮冰，另一次沿著『偉大的多拉加』的腳印走。」

她蹲坐下來，搔了搔耳後。看起來似乎不太相信我的話。不過，確實是很關心我沒錯。

「你不過來這邊嗎？我很害怕，不敢到你那裡去。」

那女孩雖然這樣說，可是我一站起來，她卻淒厲地大聲尖叫，急急忙忙躲開。

「只有三隻腳！你不是狐狸吧？！狐狸明明應該有四隻腳的！」

「不是這樣的，我真的是狐狸喔！」

不管我怎麼解釋，她都聽不進去。再一次高聲尖叫起來，然後衝到岸邊，跑回另一隻狐狸身邊去。
「救命啊，媽媽！那裡有個奇怪的傢伙。只有三隻腳，好樣是一匹小狼！」
母狐狸聽到這些話，稍微咬了咬女兒的耳朵，要她冷靜下來。
「傻孩子！聽聽妳對偉大的旅行者說了什麼！妳不知道正因為只有三隻腳，所以牠才配稱得上是最勇敢的狐狸嗎？那證明了牠擁有從『喀擦喀擦大嘴巴』中逃脫的勇氣。咭—，不准再對牠不禮貌了喔！」
說了這番話之後，年長的母狐狸過來我這邊，非常恭敬地嗅了嗅我的臉。
「請原諒那孩子。因為年紀還小，所以才這麼不懂事。她的名字叫做克琳。那孩子還少不更事，而您藉由旅行，一定累積了不少見聞和經驗吧！」母狐狸又嗅了嗅我的臉，「這樣說很失禮，不過……」她的臉上掛著狐狸難以啟齒時，經常出現的表情。
「怎麼樣呢？」
「那個……，小女把您當成狐狸，我感到非常抱歉。當然，那是相當愚昧的話，不過，您的身上確實有跟狼一樣的味道呢！牠真的是您的朋友嗎？」
「是的。請到這邊來，我為妳引介。」
這對母女看起來雖然很害怕，不過還是安靜地跟了過來。要是庫魯卡對她露

出一顆獠牙什麼的，她也早就預備好立刻奔逃出去的姿勢了。我偷偷地咬庫魯卡尾巴，庫魯卡被我吵醒。牠非常溫柔。牠告訴我，牠把我當成自己的朋友、並肩打獵的重要伙伴。我一點都沒誇大。克琳好像被感動了，我注意到有好幾次，她深深地注視著我，似乎非常尊敬我的樣子。

「走吧！一起去吃大餐吧！」庫魯卡說道，「要是大腳怪過來的話，本大爺就來當誘餌，引開牠的目光。提起腳程，絕對是我們這邊比較快！」

我們大家一起朝那座美食山走過去，和剛剛一樣，繞到先前那位大食客的對面去。不過，就在我們用餐的時候，有一隻烏鴉，故意飛到美食山的山頂上去，似乎是在替我們把風。那隻烏鴉告訴我們，熊又睡著了。

我們一吋一吋啃著鯨魚肉，而後發現美食山的腹，有一個大大的圓形齒痕。雖然因為被烏鴉啄過的關係，形狀幾乎都被破壞掉了，但真的是相當大的咬痕。這麼巨大的齒痕，我還是第一次見到。

就是這個，這個就是偉大的多拉加的齒痕！我這樣想著。那齒痕與其說是咬出來的，倒不如說是用像剃刀一般的銳利牙齒，俐落地削下來的。像在對面睡覺那種毛茸茸的傢伙，是絕對沒辦法做出這樣的事來的。擁有這種齒痕的動物，究竟是什麼來頭呢？我光用想的，就渾身戰慄。

從腳印來看，可以推測那的確是相當大型的動物，但我們能知道的情報，也僅止於此而已。偉大的多拉加一定擁有能迅速伸出去的長腿，腳板則非常小巧可愛——對，就跟我們狐狸的一模一樣，只是大了好幾倍。而且，體型非常巨大、強壯，一定能像風一樣疾馳。長著成排的尖牙，可怖的頭。啊，實在是太厲害了！在我們抵達這裡之前，就先默默消失，真的是太好心了。

看到肉山上的齒痕，我清楚覺悟到克琳母女倆一定是搞錯了。即使腳印再怎麼相像，對面那隻笨頭笨腦的傢伙，絕不會是偉大的多拉加。然而，和庫魯卡及女士們爭辯，也只是浪費時間而已。我決定把真相放在自己的心裡就好。

貢大叔飛到我們旁邊來。

「嘎——！接下來打算怎麼辦呢？要不要在這裡過冬？食物的話不用愁，那個麻煩的傢伙一被我們的嘲弄擊倒，就會立即追逐起我們來。無論興致再怎麼高昂，那些傢伙也不喜歡跟人家起衝突。差不多再飽餐兩頓，那隻熊就會再次動身，往某處去了。在這裡待一陣子，把你和你朋友的冒險故事，通通講給我聽好嗎？」

「這樣雖然是很好……」

「喂，求求你！」連克琳也使盡全力纏著我。

「這樣啊……」

「喂，求求你，求求你啦！我也好想聽喔！就留下來，喂，好不好呢？」克琳用小小的腳蹦蹦跳躍著，每跳一下，輕飄飄的尾巴就會搖一下。母狐狸用微妙的目光，比較著我和克琳。庫魯卡用鼻子哼了一聲，兀自走掉了。

「這樣啊……」

「請你留下來吧！」母狐狸也幫腔，「這裡並沒有其他的公狐狸，像閣下這般勇敢的狐狸若是能留下來，我們也與有榮焉。」

「謝謝！」

我道了謝，回頭一看，發現克琳一副著急的模樣，正「咕─咕─」地亂叫。

「知道了，我留下來就是了！」我如此回答，並因為克琳笑出聲來。笑的時候，忽然覺得很不好意思，於是就假裝打了個哈欠，掩飾自己的失態。

熱血沸騰的狼

我的小小友人克隆，回到同類的身邊去了。那傢伙口中的「偉大的多拉加」，其實只不過是指體型龐大的北極熊而已。聽說牠不太吃小紅莓或者魚類，只吃海豹。但是，克隆似乎至今還深信著，世上存在著所謂偉大的野獸。既然這個信念對牠如此重要，那我也不方便再多說什麼了，從今以後我會閉上嘴巴。

無論如何，我能走到這兒來，是因為那隻小狐狸的勇氣支撐著我。也是託牠的福，我們才發現了被沖上岸來的生物屍骸。不管怎麼說，果真如克隆所言，循著多拉加的腳印走，就能找到大餐不是嗎？由於吃肉吃得非常飽足，我終於恢復了元氣。

歷經了許許多多的事情以後，我發現了一個重要的道理。那就是身為一匹狼，就應該只追捕馴鹿。就如同克隆一心跟著多拉加的腳印走那樣。是的，努力追逐馴鹿！那是我的心、狼的血，所嚮往的事情……。

克隆到頭來，一定會跟那隻看起來很有才能的母狐狸共創家庭的。若是這樣，那

傢伙以後就不得不全心照顧家人了，他將會像截至目前為止，一直陪伴著我那樣，變得沒什麼閒暇可言。領悟到這件事的時候，我雖然覺得這樣也非常好，但還是難以抑制湧上心頭的悲傷。我邁開腳步，爬到附近的山丘上，想要一個人眺望月亮。

月兒啊！啊，如此美麗、閃耀的光芒！當那炫目的光輝耀入眼底時，我的腹中湧起了一股滾燙的熱流。啊，胸口彷彿就要爆裂了！

就在那個時候，名字叫做貢的那隻烏鴉飛過來，降落在我身旁。

「月光皎潔，美食享用不盡呀！」牠說道。

我不禁對那隻聲音粗嗄的黑鳥，喃喃說起了心事。

「究竟是怎麼一回事呢？我抬頭望月，卻不禁悲從中來。難道是因為寂寞的緣故嗎？」

烏鴉用綴在頭部兩邊的兩顆黑眼珠，直勾勾地盯著我瞧。

「閣下不是隻狼嗎？狼嚎一聲來聽聽如何？讓我見識見識你威武的聲音！來吧！來吧！怎麼樣？把強壯的狼隻，渾厚有力的歌聲表現出來吧！」

烏鴉那老小子一邊這樣說著，一邊啪答啪答振翅飛上天。

討人厭的傢伙！難得沉緬在一個人的懷想中，牠卻跑來打擾……。

然而，烏鴉說的對，我獨自賞月，的確會陷入悲情當中。我很寂寞。啊，好想唱歌！汩汩的思潮從下腹部泉湧而出，我伸長脖子，朝著夜空放聲高歌，就像要將歌聲傳遞至月輪上那樣，連綿不絕地嚎叫著。我的聲音，在遠方的山巒中起伏跌宕。

「啊嗚——！」

我傾注思慕，對著月亮嚎叫。從遠處歸返的回音，回應著那份情懷。

冰冷澄澈的夜晚中，那份深不見底的寂靜，全然吸納了我悲哀的歌聲。我抬頭仰望夜空，再一次放聲長嘯。

「啊嗚——……哦嗚——……！」

突然間，發生了令人驚佈的事。遠方傳過來兩聲、三聲、四聲……，好幾聲的回音！我豎起耳朵仔細聽，領悟到那並非我一個人製造出來的。有其他的狼在遙遠的地方回應著我的歌聲。我跳起來，盡情地呼吸，胸中盈滿了夜間涼冷的空氣。我一遍又一遍，彷彿從不曾唱過歌那樣，不間斷地呼嘯著。

沒錯，確實有應答的歌聲傳過來。是狼！附近有其他的狼團隊在！

我望了望山丘的斜坡，發現克隆正在跟新朋友一起玩。追著彼此的尾巴繞圈圈，互相追逐嬉戲。我要不告而別了！說再見不符合狼的作風。

我沉默地轉身，走下對面的斜坡。或許從今而後，再也不會和小小友人克隆見面了。啊，小兄弟、小小的狩獵伙伴，我們大概沒有機會再相見了吧！然而，不管

將來發生什麼事，我庫魯卡都會遵守諾言，絕不出手傷害狐狸。就連跟我在一起的狼族伙伴，也絕不會動狐狸一根寒毛！

我以狼族的名聲發誓。

一卷終了

嘎——！能替這個故事作結的，舍我其誰？因為，這個漫長的故事，至始至終，都是我一個人在敘述的。

嘎——，一上了年紀，連感情都變得脆弱起來了！我知道，最後一群北美馴鹿正經過附近，而狼群正衝過去追逐牠們。每當那邊的庫魯卡遠遠呼嘯，牠的伙伴們就會重複牠的嚎聲，齊聲應和著。

那一年，一直到冬天結束之前，我都待在被海浪沖上岸的長鬚鯨屍體附近過日子。那土地位於東方，食糧非常短缺。

三隻腳的狐狸，克隆，後來跟那個叫做克琳的女孩子共結連理了，兩夫婦生了一群活潑可愛的孩子。每一個，都是擁有四隻腳的淘氣小鬼。教導那些愛胡鬧的狐狸崽子如何戲弄熊的，無非就是本大爺。雖然我知道牠們並不是烏鴉，但真的是一群可愛的不得了的小傢伙呀！

卷後語

在大冰原嶄新的一頁上，
頁所記載的，是一部漫長浩瀚、波瀾萬丈的史詩。
在故事即將告終之際，
我見到一根羽毛在風中輕輕搖擺。
那是一根漆黑的烏鴉尾羽，
直挺挺地，豎立在雪地上。

後記

這個故事的創作，事實上可以追溯到一九八〇年。就我的人生歷程而言，是在黑姬山迎接第一個冬天的時候。跟著捕鯨船一起到南冰洋（註：南極海的別名）回來沒多久，我在良師益友谷川雁先生的鼓勵下展開創作。直到著手書寫這部作品之前，我和他一直聯手進行著翻譯歷史書這項艱鉅工作，其後有好幾年的時間，我們也翻譯了宮澤賢志的童話。

這個故事第一次面世是在十年前。不過，在出版之際，呈現方式做了大幅度的改變，成為名符其實的「戲劇化」作品。

那是因為當時我加入了〈冰山之神〉這個部分，讓「Angakok」（註：**Angakok**，因紐特語。因紐特人的巫醫）等四個「人類」在新增的情節中登場。

我在雁先生的協助之下，大幅修改了故事內容，書裡附的插畫也是我自己親手畫的。趁此機會，「物語文化協會」也以戲曲的形式，出版了兩套有聲書。

時光飛逝，一九九〇年到一九九一年間，我連續兩年都待在鍾愛的北極地帶，擁有許多獨處的時間。

那是不為任何事情所束縛，與最真實的自己相處的時間——踏踏實實地思考一件事、在孤獨當中重新審視自己、硬生生地把自己暴露在危險之下、摸索新的方向。除此之外再沒有其他干擾，是一段密度很高的時間。

那次到北極，是一趟遠離島嶼、獨自行舟的旅程，也是藉此尋訪過往的旅程。

一九九〇年旅程終了時，我的因紐特朋友如此說道：

「我們就知道你會平安歸來！因為有動物們守護著你。」

當時，朋友還替我取了一個因紐特名字——「托尼拉葛」（Tuniraga, 因紐特語中的烏鴉），重返北極大地的年長強者。這成了我全名之中，最後面一個字。湊巧的是，因紐特的耆老曾告訴過我，「你的守護靈是北極烏鴉。」」，那時我才十九歲。

因為發生了這件事，所以我決心修改十年前的作品，將它發表出來。這一次的故事形式，不再只讓人類發聲，而是將動物們各自的心聲編織起來，所衍生而成的。當我描述情節給因紐特朋友們聽時，他們也非常喜歡。

最後便有了這部作品——在北極地帶生活的，各式各樣動物們的心聲，透過一

隻名叫「托尼拉葛」的北極老烏鴉交織、穿插在一起的故事。

對我而言，這或許可以說是最重要的一部作品。

托尼拉葛．C. W. 尼可

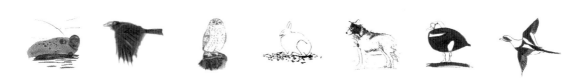